潛滄集

冀東藝文叢編

[清]佘一元 著
王文才 石向騫 點校

燕山大學出版社
·秦皇島·

圖書在版編目(CIP)數據

潛滄集 /（清）佘一元著；王文才，石向騫點校
. — 秦皇島：燕山大學出版社，2023.10
（冀東藝文叢編）
ISBN 978-7-5761-0454-7

Ⅰ. ①潛… Ⅱ. ①佘… ②王… ③石… Ⅲ. ①古典詩歌－詩集－中國－清代②古典散文－散文集－中國－清代
Ⅳ. ①I214.91

中國版本圖書館CIP數據核字（2022）第257885號

潛滄集

[清]佘一元 著　王文才 石向騫 點校

出 版 人：	陳　玉
責任編輯：	柯亞莉
封面設計：	吳　波
出版發行：	燕山大學出版社
地　　址：	河北省秦皇島市河北大街西段 438 號
郵政編碼：	066004
電　　話：	0335-8387555
印　　刷：	涿州市般潤文化傳播有限公司
經　　銷：	全國新華書店

開　本：710mm×1000mm　1/16	印　張：10	字　數：135 千字
版　次：2023 年 10 月第 1 版	印　次：2023 年 10 月第 1 次印刷
書　號：ISBN 978-7-5761-0454-7		
定　價：78.00 元		

版權所有　侵權必究
如發生印刷、裝訂質量問題，讀者可與出版社聯繫調換
聯繫電話：0335-8387718

潛滄集卷之一

四書解

　　　　　榆關佘一元占一著

四書解

四子之書傳註大全詮釋既備問有大義未盡處不妨詳贊一二以備稽參余病免以來時與二三友生論文講藝偶有所得輒筆諸冊其說多出於陳幾亭先生而附以管見者夫幾亭先生明末大儒也著書垂世發明前聖之蘊以示來學歐心甚盛歐功實偉余曾遊其門闚其說不覺形於闚述凡欲推衍其義以表章之耳世有知者由余言而溯吾師說其於前

潛滄集

之事天與夫天之知聖人矣特其性與天道不可得聞故魯論所記猶或未詳若夫予欲無言繼之曰天何言哉聖人儼然以天自處矣故曰堯孔一天也天日在人心性中心性功疏則違天逆命有不得以為人者矣知天事天信是曾思孟的傳尤須以聖人為宗

潛滄集卷之一終

潛滄集

此集共七十七葉入去內有用訂補訛安局照此訛完眸即揩下以便繳書冊

《潛滄集》書影（一）

潛滄集卷之二

衛關余一元占一著

序

賀比部素公白寅翁遷居序

素翁白公新卜居於長安西巷秋曹諸同寅相與製錦作帳屬文於余以為賀余嘗讀毛詩深有味乎遷喬之詠竊以為遷之時義大矣哉昔人論學曰徙義曰遷善是盛德日新固有取於安而能遷之理況于興氏以三遷而砥德亞聖百世仰止廉翁萬至若盤庚遷殷公劉遷豳寔父遷岐雖建都大事本憚舍舊而新是圖

山海郡河西義塚記

嘗讀月令孟春之月掩骼埋胔王政也夫王政行於上澤及枯骨其利薄矣或有行之於下以仰贊王政之所不及在上好仁在下好義殆並行而不相悖者歟山海舊有義塚廢大抵湫隘傾圮歲久丘墓稍荒穢地遁有紳士商民輩槖金作會施棺殮乏積毅僱無虧量多家為便民事末已也爰就西郊文殊庵右用價購地寧縣下地十五畝益以本庵香火地五畝擴為一大義塚區建坊堅碑異重永久因憶昔甲申王師入關與流寇戰此地以西二三十里間凡殺數萬條

首山二郎廟鄉八十

大海北覽崒峯遊觀者稱勝地云鐘樹歲久就圮委鐘於地弗等捐貲造石架懸鐘永期不墜因許生爾元求記于余余以首山者榆關以北眾山首也山不高稱神以靈黃骨將曉鐘聲一振近山村舍知晨旦將一斯徵深肯烏皆神之靈有以提撕而警覺之也爰予鐘記廟因廟記山取捐施姓名勒諸貞珉以為好善之勸戒不可以無記云

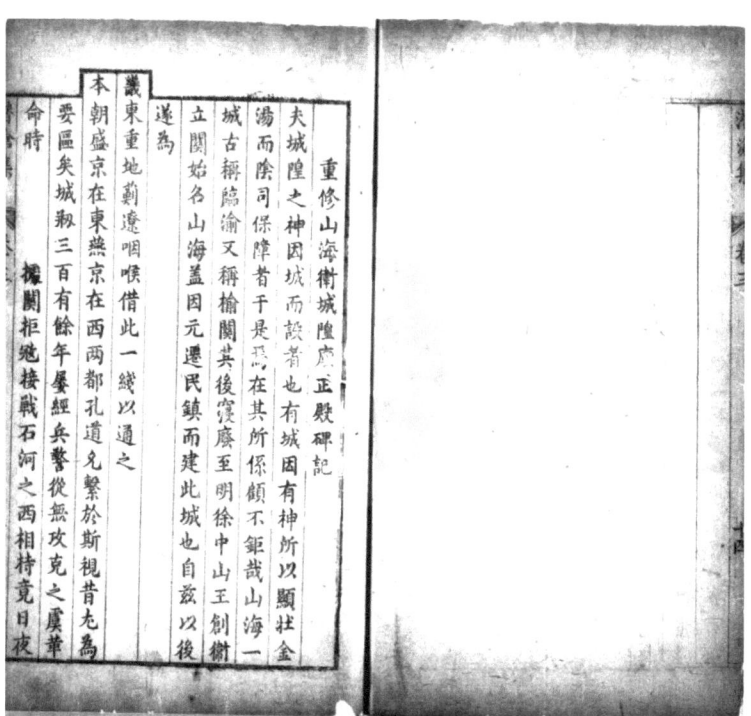

重修山海衛城隍廟正殿碑記

夫城隍之神因城而設者也有城即有神所以顯壯金湯而陰司保障者于是乎在其所係顧不鉅哉山海一城古稱臨渝又稱榆關其後寖廢至明徐中山王創樹之立關始名山海蓋因元遷民鎮而建此城也自茲以後遂為

薊東重地薊遼咽喉借此一綫以通之

本朝盛京在東燕京在西兩都孔道兄繫於斯視昔尤為要區矣城郛三百有餘年屢經兵警從無攻克之虞華

命時　　　　　擯關拒豗接戰石河之西相持竟日夜

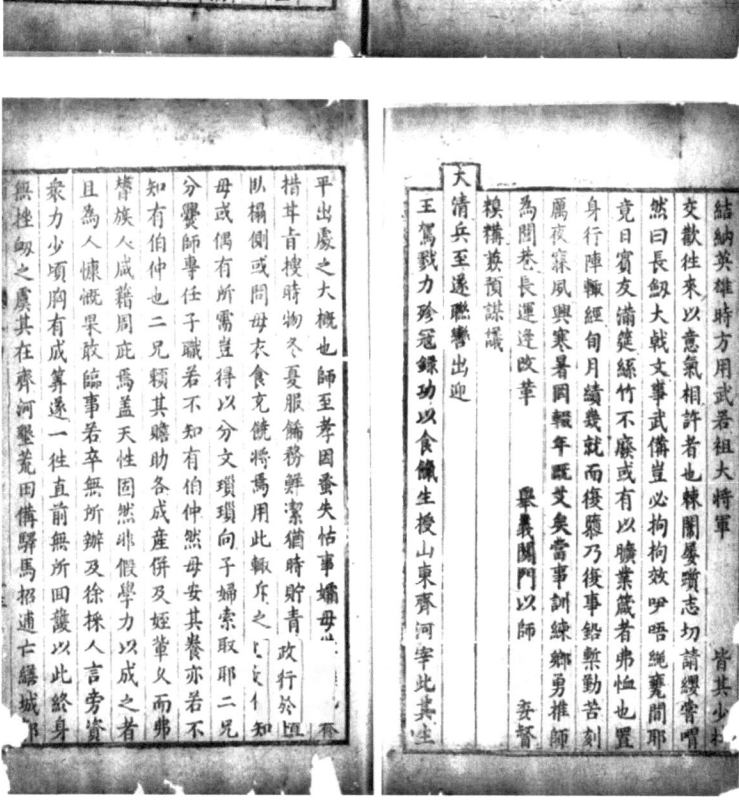

結納英雄時方用武者祖大將軍
交歡往來以意氣相許者也棘闈屢躓志切續鵞
然曰長鯨大戰文事武備豈必拘拘效吚唔繩蠹間耶
竟日賓友滿筵縱竹不廢或有以朧藤者弗恒也置
身行陣甑經旬月續費就而後事鉛槧勤苦剋
厲夜寒風興寒暑同報年既艾矣當事訓練鄉勇推師
為問巷長逢遘改革
揆糈蓺預謀議
大清兵至遠膽誓出迎
王駕戰力殄寇錄功以食儀生授山東齊河寧比其生

　　　　　舉義闖門以師　　　妻賢

平出處之大概也師至莩因蚤失怙事孀母此
揩芽冒搜時物冬夏服饌務鮮潔猶時貽青政行於閭
以裯倒或問母衣食克儉將焉用此輒欣之足下知
母或偶有所需豐得以分文瑣瑱向于婦索取耶二兄
分費師專任子職若不知有伯仲然母安其養亦若不
知有伯仲也二兄穎其贍助各成產併及姪輩力以成之者
警族人感籍周庇蓋天性固然非假學力以此終身
且為人慷慨果歡臨事若卒無所辦及徐採人言旁資
衆力少頃胸有成筭一往直前無所回護以此通亡擒城下
無挫衂之虞其在齊河墾荒因傳驛馬招

致督學蔣綏庵書己酉

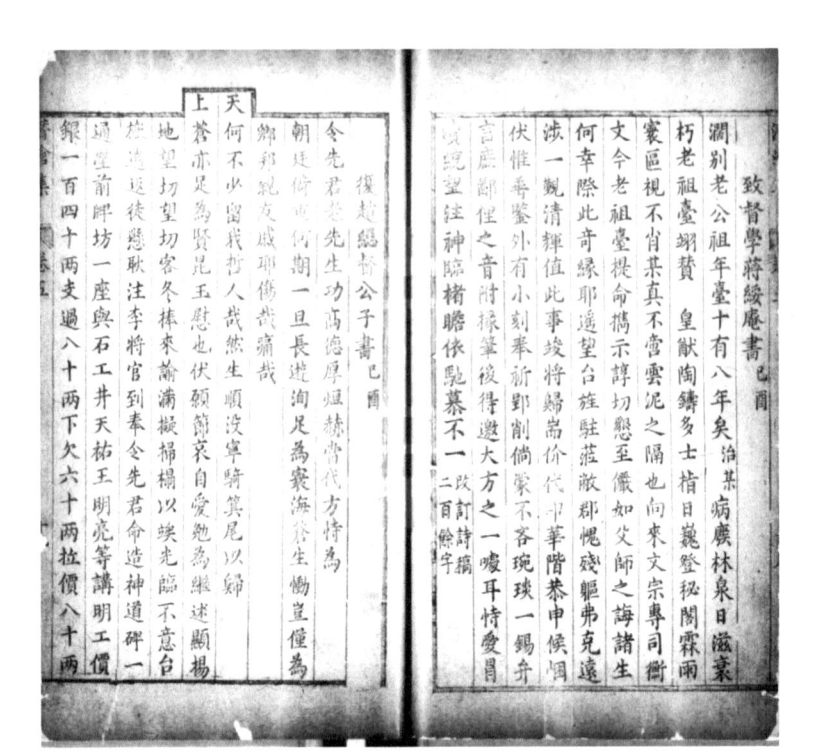

潤別老祖公年臺十有八年矣治菜病廢林泉日滋衰
朽老祖臺翱贊 皇猷陶鑄多士楷日巍登秘閣霖雨
寰區視不肖某真不啻雲泥之隔也向來文宗專司衡
文今老祖臺提命携至旌旌猶如父師之誨諸生
何幸際此奇緣值此事竣將歸台駐莊鄭華階恭申候問
法一覿清輝恰不吝瑣玉錫弁
伏惟尋鑒外有小刻奉郵倘蒙不吝大方之一噱年悸愛冒
言處部佳之音附稼筆後得邀大方之一噱年悸愛冒
頓覬望往神臨楮瞻依馳慕不一改訂詩稿二百餘卒

上彩雲飛彩鳳
月中仙桂屬仙郎
蟠桃寺山門
瞻東嶺自雲登嶂崔嵬伏虎豹
把南山典氣清流浩浩水隱龍蛇
來公祠
碧海丸傳郁餛節
青山長表慶民心
關帝廟戯樓

梨園子弟聲歌報賽桃園節義
清世人民香火闡揚漢世威靈

復越縣令公子書己酉

天何不必爲賢昆玉慰也伏頷簡衣自愛勉爲繼述顯揚
令先君菴先生功高德厚烜赫當代方恃爲
朝廷倚重何期一旦長遊詢足爲襄海谷生慟皇僅爲
鄉邦親友戚聊傷哀痛哉
地望切望切望家冬株來蕭攪掃楊以峽光臨不意台
旌遽遶徒懇耿注奉令先君命造神道碑一
通豎前牌坊一座與石工井天祐王明亮等講明工價
銀一百四十兩支過八十兩下欠六十兩拉價八十兩

《潛滄集》書影（四）

目　　録

卷一 1
四書解 1
格物致知解 1
爲人孝弟解 2
舉直錯諸枉解 3
誠明解 4
三以天下讓解 5
禮讓解 7
人異禽獸解 8
學稼學圃貨殖解 9
爲天下得人解 10
愼獨解 11
執兩端解 12
繼志述事解 13
仁管仲解 14
仁義與利解 16
知天事天解 17

卷二 ... 19
序 ... 19
賀比部素公白寅翁遷居序 ... 19

《禮記庭訓》序 ... 20

社約序 ... 20

贈樂亭韓儼公父母治蹟序 ... 22

賀孫文陛潞澤參戎序 ... 23

賀福裔舅生子序 ... 24

祝雷太翁榮壽序 ... 25

賀李丹陽長君遊泮序 ... 26

祝李太翁榮壽序 ... 27

賀許君錫晉秩序 ... 28

贈司李劉公攝篆樂亭序 ... 29

《呂氏族譜》序 ... 29

賀韓康侯遷秩西平副尹序 ... 30

壽趙母閻孺人序 ... 31

賀城守章京李公生子序 ... 32

賀王玉寰八旬壽序 ... 33

《陳幾亭先生全書》序 ... 33

文昌宮籤簿序 ... 34

賀撫寧季平王父母壽序 ... 36

賀衛主龍浦王公擢都閫序 ... 37

賀關廳陳培生公祖壽序 ... 38

賀汾守劉扶宇舅壽序 ... 39

族譜序 ... 40

徐遠公册籍序 ………………………………………… 41

卷三

記

　　修建三清觀記 …………………………………………… 43

　　朝陽洞記 ………………………………………………… 44

　　寧遠慈憨庵記 …………………………………………… 45

　　老君頂記 ………………………………………………… 46

　　修建文殊庵記 …………………………………………… 46

　　首山二郎廟鐘架記 ……………………………………… 48

　　山海石河西義塚記 ……………………………………… 48

　　重修來公祠記 …………………………………………… 49

　　重修朝陽寺記 …………………………………………… 50

　　重修關帝廟碑記 ………………………………………… 51

　　重修山海衛城隍廟正殿碑記 …………………………… 52

引

　　癸巳冬勸米煮粥引 ……………………………………… 53

　　興文彙書引 ……………………………………………… 54

　　重修廣嗣庵正殿引 ……………………………………… 55

　　重修三清觀九天殿引 …………………………………… 55

　　增修地藏庵十王殿兩司疏引 …………………………… 56

　　重修文廟西廡疏引 ……………………………………… 56

　　重修文昌閣併鐘鼓二榭引 ……………………………… 57

説

　　李五兄字説 ……………………………………………… 57

　　許子文字説 ……………………………………………… 58

潛滄集

詹子光、子明字説 ……………………………………………… 59

趙鼎公、華公字説 ……………………………………………… 59

觀奕説 …………………………………………………………… 60

張顯吾旌匾説 …………………………………………………… 61

傳 …………………………………………………………… 61

王太孺人傳併贊 ………………………………………………… 61

曹捷音傳 ………………………………………………………… 62

贊 …………………………………………………………… 64

幻居上人繪像贊有序 …………………………………………… 64

隆寰周窗兄繪像贊 ……………………………………………… 64

呼化宇像贊 ……………………………………………………… 64

治宇劉内兄遺像贊 ……………………………………………… 65

澤宇劉内兄遺像贊 ……………………………………………… 65

北樓劉内表兄遺像贊 …………………………………………… 65

卷四 …………………………………………………………… 66

墓誌銘 ……………………………………………………… 66

清順德府學教授劉松喬先生暨配王孺人合葬墓誌銘 ………… 66

清故前一品夫人朱太母諸氏墓誌銘 …………………………… 67

清穆母劉太安人墓誌銘 ………………………………………… 70

清湖廣長沙府同知虞庭馮先生墓誌銘 ………………………… 72

墓表 ………………………………………………………… 75

前文林郎知山東兗州府滕縣事和陽王公墓表 ………………… 75

祭文 ………………………………………………………… 77

祭朱總戎文 ……………………………………………………… 77

祭須年伯母文陰泰峰先生率同門公祭 ………………………… 77

4

公祭丁太孺人文 ······ 78

祭齊岸伯文 ······ 78

公祭楊安人文 ······ 79

祭穆太宜人文賓日母 ······ 79

公祭朱太翁文 ······ 80

關門豎旗文 ······ 80

公祭關廳劉公文 ······ 81

公祭韓太翁文 ······ 81

公祭呂太夫人暨賢郎泠之兄文 ······ 82

公祭王太夫人文 ······ 82

祭神驅虎文 ······ 83

關帝廟祭文 ······ 83

祭內院大學士胡菊潭堂翁文 ······ 84

祭內姪女徐門劉氏文 ······ 84

祭馮業師文 ······ 85

岳父母焚黃祭文 ······ 86

來公祠祭文 ······ 86

公祭孫路主文 ······ 86

卷五 ······ 88

書 ······ 88

謝堂翁書癸巳 ······ 88

上陰泰峰先生書癸巳 ······ 89

復宋道尊書戊戌 ······ 89

致宋道尊書己亥。同穆賓日公致。時有裁衛學議，又有衛學減數之說，因致此書 ······ 90

與宋道尊賀壽併賻書己亥 ······ 91

候陳堂翁書庚子 …… 91

答李吉津少詹書庚子 …… 91

復朱山輝書辛丑 …… 92

答王炤千書壬寅 …… 92

新正候陳堂翁書壬寅 …… 93

慰石仲生少宰書癸卯 …… 93

致張道尊書癸卯 …… 94

與王長安書乙巳 …… 95

復彭太守書乙巳 …… 95

與彭太守書乙巳 …… 96

復陳世兄諱揆書丙午 …… 96

致陳世兄諱揆書丁未 …… 97

與浙督趙君鄰書丙午 …… 98

復趙總督書丁未 …… 98

致趙總督書丁未 …… 99

復趙總督書丁未 …… 99

致錢道臺書己酉 …… 100

致督學蔣綏庵書己酉 …… 101

復趙總督公子書己酉 …… 101

啟 …… 102

公候楊關廳送新生入學啟 …… 102

再候楊關廳送新生入學啟 …… 103

候劉廳尊送新生入學啟 …… 103

賀王郡丞陞太原太守啟 …… 104

候趙關廳送文武新生入學啟 …… 104

賀彭太守陞肅州兵憲啟	104
賀海防營甯都閫啟	105
賀宋道尊陞寧紹大參啟	105
賀路太尊壽啟	106
賀錢道臺啟	106
賀王縣公壽小啟	106
代許君錫答李副戎聘啟	107
代許子文答李副戎啟	107
公候陳廳尊送文武新生入學啟	108

呈 ················· 108
 乞存衛學呈_{代闔學} ········ 108
 公舉鄉賢呈_{代闔學} ········ 109

聯 ················· 110
 儒學大門 ··············· 110
 儒學二門 ··············· 110
 文昌祠堂 ··············· 111
 賓興堂前 ··············· 111
 堂上 ················· 111
 儀門 ················· 111
 天橋 ················· 112
 蟠桃寺山門 ·············· 112
 來公祠 ················ 112
 關帝廟戲樓 ·············· 112

附錄 ················ 113
 佘一元詩文輯佚 ············ 113

重九登首山……………………………………………………… 113

霖雨感懷……………………………………………………… 113

詠史…………………………………………………………… 114

述舊事五首…………………………………………………… 114

南城眺望……………………………………………………… 115

哭李赤仙二律 有序 …………………………………………… 115

祝太乙將軍…………………………………………………… 116

次韻宋荔裳之浙憲任………………………………………… 117

追述二首……………………………………………………… 117

夏日閒居……………………………………………………… 117

澄海樓………………………………………………………… 118

午日登朝陽洞………………………………………………… 118

登首山………………………………………………………… 118

登首山亭……………………………………………………… 119

聯峰海市……………………………………………………… 119

和弔趙烈女…………………………………………………… 119

秋杪遊金山嘴………………………………………………… 120

《山海關誌》小序…………………………………………… 120

重修昌黎廟學碑記…………………………………………… 121

白雲山慶福寺修建大雄寶殿碑記…………………………… 122

角山棲賢寺會碑……………………………………………… 124

新建撫寧縣譙樓記…………………………………………… 125

關門三老傳…………………………………………………… 126

康熙十八年《永平府志》卷二十人物"佘一元"條………… 128

光緒《永平府志》卷五十八列傳"佘一元"條……………… 129

《四庫全書總目》"潛滄集"條……………………………………130

《永平詩存》"佘一元"條……………………………………130

史夢蘭撰《永平三子遺書序》………………………………131

臨榆程儒珍《關門舉義諸公記》……………………………132

整理後記……………………………………………………………135

卷 一

榆關佘一元占一著

四書解

四子之書傳註大全，詮釋既備，間有大義未盡處，不妨詳贊一二以備稽參。余病免以來，時與二三友生論文講藝，偶有所得，輒筆諸冊。其説多出於陳幾亭先生而附以管見者。

夫幾亭先生，明末大儒也，著書垂世，發明前聖之藴以示來學，厥心甚盛，厥功實偉。余曾遊其門，聞其説，不覺形於闡述，凡欲推衍其義以表章之耳。世有知者，由余言而溯吾師説，其於前賢精意不無所補翼云。

格物致知解

《大學》格物致知之説，先儒詮訓不一。竊疑既爲始教，何不立傳？如以其有傳而亡之，則誠意特立單傳，上不連正心，下不連致知，是《大學》所重在誠意，而立傳之自此始也明矣。學問先知而後行，何獨於此而故遺之？雖其間曰"慎獨"，曰"絜矩"，未必非致知之義，然含而未耀，隱而靡彰，何以悚學人之聽視，而一其志慮也哉？

及嘗讀《小學》，而後知格致之義不外乎此也。古者十五入大學，八歲先入小學，舉凡灑掃應對之節、名物象數之文，以逮夫事親敬長、應事接物之曲折纖委，莫不於是爲取之。蓋自十五以前，其究心於此道者，固已久矣。一入大學，向之條條井井者，夫固舉而措之耳。故致知曰先，而格物直曰在，猶曰此之所謂致知者即在彼也，又何以傳爲耶？然則格致既在《小學》，顧列其目於誠意之先者，何居夫知徹始終者也？經云知止，云知先後；傳云知本，云知其惡、知其美，無非知也，是固難以偏遺也。

乃朱子已輯《小學》，而又爲格致補傳，何不自檢其複也？聖賢之明民也，惟患夫人之不明。既告戒之，復叮嚀之，不憚吾説之繁，要期乎人之所共喻，豈希吾之徑省而貽誤於人？其説曰：“天下之物，莫不因其已知之理而益窮之，以求至乎其極。”固已承《小學》之旨。至於表裏精粗、全體大用，又豈直作格致解也？獨陽明子以格致爲誠意之功，彼固厭詞章之誕，必欲合知行而一之意原有在。則《大學》之序反覺不明，善學者師其意則可。

此言有志大學，必先習小學。朱子所輯《小學》一書，不可不亟究心焉。

爲人孝弟解

《魯論》首言學，初未指學爲何事也。繼之以“其爲人也孝弟”，蓋曰學爲人子、學爲人弟也云爾。夫天下大矣，天下之事亦繁矣，僅一爲人子弟而遂足以畢天下事哉？有子言之矣，務本本立，本立道生，而要歸於孝弟爲仁之本，外此復何事焉？

嘗觀天下之亂，其幾每萌於犯上，而卒乃馴至於作亂。天下之治，惟在相率而爲仁,有如天下盡仁人也,則聖人可以無事矣。故孟子曰:"人人親其親,長其長,而天下平。"又曰:"堯舜之道,孝弟而已矣。"夫人苟能爲孝子,爲弟弟,即可不愧爲學人。天下苟相率而爲孝子,爲弟弟,即可謂《大學》之明明德於天下。不然,則雖行誼滿天壤,文章耀先後,以語乎本,則末也,安在其爲學人也哉?

或曰《學而》三節,終之以君子學,特學爲君子耳。乃君子務本者也,本不外孝弟也,從來有不孝不弟之君子否耶?抑倫有五,而獨舉孝弟者何?居嘗聞父子兄弟,天合者也;君臣朋友,人合者也;夫婦,天人半者也。未有篤於天合而猶致虧於人合者也。夫子之明弟子職也,首曰入孝出弟,而終之以學文。然則爲學之輕重緩急,夫亦宜知所置力也已。

舉直錯諸枉解

哀公問民服之由,孔子對以"舉直錯諸枉,則民服"。朱傳訓諸,衆也。竊嘗疑之。夫諸枉稱衆可也,"舉枉錯諸直",直何得稱衆也?皋陶、伊尹可接踵覯乎?

矧四子之書,用諸字不一。如"聞斯行諸""吾得而食諸""其猶病諸",以及"不識有諸""毀諸已乎",作"乎"字解。"告諸往而知來""加諸我、加諸人""譬諸草木",作"之"字解。"有諸己、無諸己""求諸己、求諸人""本諸""徵諸""建諸""考諸""質諸",作"於"字解。"其諸異乎人之求之",作"殆"字解。惟"諸侯""諸夏"方可作"衆"字解耳,豈可概之"諸枉""諸直"耶?及詳味舉直化枉之言,始信其解爲不可易也。

夫直必如皋陶、伊尹,方可謂直,其餘則諸直也。枉必如共驩、葛伯,方可謂枉,其餘則諸枉也。要皆可使直,可使枉者也。上有舜湯之君,下有皋伊之佐,開誠布公,正百官以及萬民,凡君子之未純乎君子者,固皆勉奮成其爲君子。即小人之不甘於小人者,豈肯墮廢安其爲小人?是君舉一二直,而相以下各舉諸直,其所捨置之諸枉亦漸化爲諸直矣。若共驩、葛伯之輩,不加放流,不施征討,而反予以政柄,陟諸端揆,將枉者進,直者退。諸枉偕進,諸直保無間化爲枉者哉?是舉錯之權,服民在斯,化民亦在斯,不可不慎也。此諸之義所以訓衆也。

然則豈無據而訓之乎?即據"選於衆"衆字以訓之也。所謂衆者,蓋中人也。夫子他日曰:"中人以上可以語上也,中人以下不可以語上也。"因以上、以下分可語、不可語,非徒以質言也,以用也。猶云用之於上則可語,用之於下則不可語。可上可下,即可直可枉之機云耳。故曰"唯上知與下愚不移"。直,上知也;枉,下愚也。諸直、諸枉,中人之以上、以下者也。但言諸直,直在其中矣;言諸枉,枉在其中矣。

舉不勝舉,錯則俱錯矣。舉之錯之,所以化之,而猶視乎昔之教之學之。嗚乎!舉錯方有待,尚亟從事於教與學哉!

誠 明 解

《中庸》言道原乎性而歸乎教,乃曰"自誠明謂之性,自明誠謂之教",不幾歧而二之耶?繼之曰"誠則明矣,明則誠矣",不又合而一之耶?彼其言知,固有生,有學,有困;言行,固有安,有利,有勉,未嘗不歧也。及其知之一,成功一,又未嘗不合也。而總之曰"不明乎善,不誠乎身",大率爲學、利以下者言之。而生、安以上,有無容言者矣。乃世之人語以不明則怫然怒,語以不誠則悍然甘之,甚且曰:"人何必誠?誠則愚之別名也。"噫,亦異矣!

天下有不誠而明者哉？抑天下有誠而不明者哉？果其誠矣，以誠遇誠則必合，以誠遇不誠則必覺，斷未有昏昧顛倒而可以語誠者也。故曰："至誠如神。"若夫明，則有不得不誠，不敢不誠者。如謂明者而猶作僞，猶行詐，必不然之理也。是以人患不明，不患不誠。大凡自欺欺人，皆謂不誠，其實皆由不明。明則必誠，豈可曰明則必愚耶？

今夫自矜其明，而不出於誠，是真所謂大愚也。何也？彼謂吾明於孝矣，而不實用力於事親，其究卒歸於不孝。夫不孝果明耶否耶？彼謂吾明於弟矣，而不實用力於敬長，其究卒歸於不弟。夫不弟果明耶否耶？彼其意以爲吾襲孝與弟之名，而不必居孝與弟之實，既吝其力，復冒其功，何巧如之！以視實用力於孝與弟者，則不啻拙矣，即不啻愚矣。不知不實用力於孝與弟，而卒歸於不孝與不弟，所謂不誠無物也。而巧何在耶？可不謂大愚耶？

子輿氏之言曰："至誠而不動者，未之有也。不誠，未有能動者也。"夫誠患不至耳，未聞誠之足以累人也。謂誠足累人，則甘居於不誠。甘居於不誠，則甘居於無物。甘於不動物，則冥然焉耳，頑然焉耳。冥然頑然之終歸於大愚無疑也，而又何明之足云？

三　以天下讓解

古人之用心也隱，聖人之論世也微。要皆有爲而發，殊非漫無所指也。夷齊之讓國也，以爲求仁，以爲得仁【一】，爲衛事發也。泰伯之讓天下也，以爲至德，以爲無稱，爲吳事發也。何言乎爲吳事發也？吳，泰伯之後也。壽夢有子四人，長諸樊，次餘祭，次夷昧，札其季也。壽夢賢季札，欲立爲嗣，札不可，然後立諸樊。諸樊既除喪，致國季子，辭而去之。樊乃舍其子立弟，約以次傳，必及季子。故諸樊卒，餘祭立；餘祭卒，夷昧立。夷昧卒，季子又辭位以逃。於是夷昧之子僚乃立。諸樊之子光使專諸刺僚，復致國季子，季子不受，去之延陵，終身不入吳國。

說者曰季子辭國以生亂，《春秋》因其來聘以示貶焉。竊以爲是不然也。季子之事，不幸不遇泰伯耳。泰伯爲季歷生昌而有聖德，於是率仲雍而逃，季歷欲不受國不可得矣。今諸樊既知季子賢，父又屬意季子，苟能率餘祭、夷昧以逃，以效泰伯之所爲，季子又焉所避位耶？計不出此，父死乃致位於季子，三兄適在，季子烏得而受之？迨諸樊卒於門巢，餘祭卒於閽弒，皆未久於其位。夷昧又卒於昭公之十五年，而後致位季子。季子既不受昔，焉得受於今？假如諸樊享壽考，季子不幸夭亡，向之所讓者安在也？況僚、光之流，耽耽覬覦於其間，季子固已晰其隱，至光之殺僚而致國，季子益不可受矣。是亂之生也，乃生於諸樊貽謀之不善，而奈何爲季子咎也？

或者曰季子之辭，在諸樊致國之時猶可也，夷昧卒而又逃，以召僚、光之爭，不已過乎？況餘祭、夷昧皆安於兄終弟及之義，何必孤其意而重彤其陋也？此又未深原季子之心也。三兄皆卒，度季子亦將老矣，且不諱，立子乎？僚其鑒也；立光乎？何如就其刺僚而即聽其自取也？楚子之封僚二弟也，子西諫曰："吳光新得國，而親其民，將用之也。吳今始大，光又甚文，不知天將以爲虐乎？使剪喪吳國而封大異姓乎？其抑將卒以祚吳乎？其終不遠矣。"光將伐楚，問於伍員曰："初而言伐楚，余知其可也，而恐其使余往也，又惡人之有余之功也。今余將自有之矣。"觀此則光之欲有吳國非一日矣，特僚之愚不及察耳，豈以季子之賢而見不及此？如以爲辭國生亂脫不辭，又安知從此之不爲亂階也？

且《春秋》之書札聘，特不賢之耳，何貶乎？然則夫子何爲而不賢之也？殆因夫差之亡國而不賢之也。考吳之亡，在春秋後，季子何由前知而即預爲之所也？當日泰伯之讓，讓國耳，未必知其後之遂有天下也。武王未受命，夫子以讓天下之德歸之。季子雖不知亡國而國由以亡，夫子又爲得略亡國之咎而猶賢之也？且僚刺光立，國因以定，不過如門巢、闔弑，而猶未至於大亂。其後光傳位夫差，國因以亡，泰伯之祀以殄，是則重可憫也。然札之聘也，夷昧初立，僚、光之釁未起，沼吳之禍，季子先任其咎耶？《春秋》之作也，絕筆獲麟。越滅吳雖在哀公二十二年，於十三年已再書於越入吳矣，當時子西、景伯、子胥輩莫不決吳之將亡，夫子亦通前後而統論其世也。但在季子之時，夷昧卒，王僚弑，光已長，夫差已生，其勢漸且極重而難返，不若諸樊蚤效泰伯之讓爲能渾然無跡耳。

或又曰諸樊輩皆凡品，夫子遽以泰伯期之，何其於不賢者責備也？抑夫子亦非遽以泰伯望諸樊輩也？但泰伯之祀由是以殄，深憫泰伯之不祀，不得不追念泰伯之讓爲不可及也。不然，泰伯之讓不爲不久矣，何爲至此特取而亟稱之哉？總之，均一讓耳，諸樊之讓不成其讓者也，季子之讓無益於讓者也。惟泰伯之讓，斯其爲讓之極則也歟？

校按：【一】仁，抄本作"人"，《永平三子遺書》改爲"仁"，今從之。

禮讓解

春秋之世，魯秉禮之國也，孔子秉禮之儒也，故其言曰："能以禮讓爲國乎，何有？不能以禮讓爲國，如禮何？"他日言志，又曰："爲國以禮，其言不讓，是故哂之。"傳者以讓爲禮之實，信知言哉。今夫學士大夫之家，於婚喪賓祭之大間，能取古禮一二行之，人遂翕然以知禮稱。爰考其實，往往儀數之末，乾餱之愆，或至動色以相爭，猶嘖嘖曰："吾以爭禮也。"若是乎禮幾爲誨爭之具乎！孔子之於鄉黨也，恂恂如似不能言，及其至邦聞政，大率溫良恭儉讓以得之。夫讓固讓也，溫良恭儉皆其近於讓者也。若是乎聖人一生秉禮，其得力於讓居多，故能垂教千萬世之久，善學者自得之耳。

嘗觀唐虞之廷，禹拜稽首，讓於稷、契暨皋陶，垂讓於殳斨、伯與，益讓於朱虎、熊羆，伯夷讓於夔、龍。其書曰："誰敢不讓？"又曰："群后德讓。"文王之時，虞、芮爭田，相與朝周。入其境，耕者讓畔，行者讓路。入其朝，士讓爲大夫，大夫讓爲卿。二國之君感而相讓，以其所爭田爲閒田而退。故曰太和在唐虞成周宇宙間，乃知聖人禮讓爲國之言信不誣也。

或者曰："當仁不讓于師，非聖人之言乎？"抑知仁者先難而後獲，大凡爲仁，往往從難處力爲之，斯以明其任之重也。夫以一身當艱鉅繁苦之局，而居其師於優游閒適之地，不讓乃所以讓也。惟是多欲好勝之流，遇事輒爭；一值危險，則斂手而退，以謙遜文其委靡。其用讓也，亦太左矣。

他日，孔子以短喪而斥宰予，以夷俟而叩原壤。故人高弟，毫無假借，疑與讓德若有未偕。夫聖人方以禮讓垂訓，一遇違於禮而拂於讓者，特爲之悉力致警焉，所以云救也。夫禮讓又豈徒依違唯諾云爾哉？

人異禽獸解

子輿氏謂人異禽獸者幾希，極之庶民去、君子存，歷遡古聖以爲證，其爲人群慮至詳切矣。竊謂民之去幾希也，豈必如盜蹠之暴，操、莽之奸，李林甫、秦檜之忍心害理而後相與淪於異類哉？平居昏昏昧昧，臨事泛泛悠悠，進無所成，退無所據，已不覺失其立命之原，而馳於飛走之域也。悲夫！不有君子，何以正其爲人耶？

世之所謂人者,耳目人也,形骸人也。衣冠動靜皆人也,則從而人之矣。至其所以爲人,以爲不可得而見,不可得而聞,則姑冒竊之、淆溷之。抑知大有不然者也。凡命爲人,即有人之倫,惟念念從人倫起見,而事事從人倫著手,志務堅而行必力,而後儼然自號爲人,無恥也。苟稍渝於此,偷安自便,任意踰閑,品日卑,行日喪,十目十手共指共視,神明許之,清議恕之乎?彼其初未嘗不均之爲人,迨至昧其識,復詘其力,久之自顧不可以爲人,而漸且與爲人者相矛盾,是又所謂妄人,真與禽獸無擇矣。悲夫!天既與其爲人,而甘自暴棄乃爾,謂之何哉?

浮屠家有輪迴之説,謂人死陰曹録其善惡,惡者陷諸地獄,化爲禽獸,供人鞭策,聽人宰割。愚人往往惑之,不思改行於前,而妄冀釋辠於後,必不得之數也。人苟生前已墮於異物,死後化生,適從其類,理或然耳。乃人於見前不可易之禽獸固已安之,於將來不可知之禽獸時或惕之。彼直待披毛戴角而始斷其爲禽獸,不知當耳目形骸衣冠動靜時,則已不可以爲人久矣。

嗚乎!浮屠氏之説似確實幻,似密猶疏,豈若子輿之論?凡無志於君子者,率岌岌乎有異類之恐也。嗚乎!果欲爲人,尚亟加意於人倫也哉。

學稼學圃貨殖解

樊遲請學稼學圃,而夫子小之。子貢貨殖,夫子以爲不受命。乃先儒許魯齋有言曰:"學者治生最爲先務。士君子以務農爲生,商賈雖逐末,亦有可爲者。"宜與聖人之論不合,而後儒譏之。愚竊以爲未可輕議也。

聖人一生雖不得位,大抵行之日多,藏之日少。當時邦君猶知隆賢之禮,可以無須稼圃爲。不然,周流無資,跬步不可,豈待陳蔡而後絕糧哉?

若設稼圃一學，恐人競趨於沮溺丈人之所爲，而誰與共治？故他日曰："耕也，餒在其中；學也，祿在其中。"無非欲併吾儒於大學一路，而不使其各爲身謀也。浸淫至戰國，游說風熾，功利繁興，世主益崇禮夫士而莫知所從。雖寡欲若孟子，猶有後車數十、從者數百之盛，而又何須稼圃爲？秦火之餘，養士典廢，士習漸偷，士途亦漸濫。其流至於鮮廉寡恥，而無所不爲，猶靦然以好遊稱，豈若稼圃之猶爲近道乎？古者農之子可爲士，舜耕歷山，尹耕有莘，烏在稼圃之不可爲也？

若貨殖則亦生計之所存。《周禮》爲國，酾酾必悉。日用所需既不能概以粟易，則以金幣佐穀蔬，又焉可不講也？且魯齋已言之矣，果處之不失義理，或以姑濟一時，亦無不可。斯固未始不防【一】其弊，而豈倡之以放利耶？蓋寧澹之。

夫稼圃、貨殖皆不礙道，羶逐之子居官設科儘可爲。非必欲如原憲之貧、子桑之困，反足爲巧營壞尅者之所借口，何以息妄取、砥頹風也？彼遲固賢者，端木氏尤聖門高弟，其見豈遽出近今之士之下？至如世之求田問舍，與夫一切登龍斷之徒，欲傅會於魯齋之說以文其貪，斯又魯齋之所深鄙也。

校按：【一】防，抄本作"妨"，《永平三子遺書》改爲"防"，今從之。

爲天下得人解

許行倡爲神農之言，孟子以堯舜闢之，蓋亦刪書斷自唐虞之意乎？以爲天下至堯舜大治，則大人、小人之事始鑿然而不可越，爰敘其臣，曰益，曰禹，曰稷，曰契，各稱厥職，而下及皋陶。乃總之曰："堯以不得舜爲己憂,舜以不得禹、皋陶爲己憂。"抑獨何歟?

是殆就與天下言之也。故其說曰:"爲天下得人者謂之仁。"繼之曰:"以天下與人易,爲天下得人難。"若曰得其人,與之天下可也。不得其人以與之天下,是害天下並害其人也,烏在其仁天下哉?嘗稽之《大禹謨》矣。舜之命禹"總朕師"也,禹曰:"朕德罔克,民不依。皋陶邁種德,德乃降,黎民懷之。帝念哉!"想當日有臣五人,禹之外惟皋陶可以與天下,斯並稱焉。他日語道統,亦曰:"若禹、皋陶則見而知之。"不及其他。然則以不得禹、皋陶爲己憂也,信乎就與天下言之也。聖人之欲與天下而必重得人,固如此哉。

雖然,唐虞官天下,夏商家天下,後世人君不與賢而與子。不得其人,將何以與天下乎?此儲教之不可不講也。賈誼有言曰:"天下之命,懸於太子。太子之善,在於早諭教與選左右。"又曰:"太子迺生而見正事,聞正言,行正道,左右前後皆正人也。"夫習與正人居,不言毋正,洵知言哉。

自古上知不世出,下愚亦不常有,大抵皆中人耳。導之善斯善,導之不善斯不善矣。天下大器與天下大事也,豈可聽其可與與不可與而不爲之所?此仁天下端在得人,而得人則可以與天下也歟?

慎　獨　解

《大學》立傳自誠意始,所以明大學之別乎小學也。經言誠意必先致知,所以明大學之通乎小學也。大學別乎小學,故曰王道本乎誠意;大學通乎小學,故又曰王道在慎獨。

獨者何?所謂人所不知,己所獨知也。借如人不知親之當孝,長之當弟,抑不知親之何以孝,長之何以弟,即不孝不弟亦可恬然居之而不疑,而所爲獨知者安在乎？惟既知親之當孝，既知長之當弟，而顧隱然有不果孝、不果弟之萌；或似孝而究無益於親，似弟而究無益於長；或孝矣而未曲盡其孝，弟矣而未曲盡其弟，皆人所不知、己所獨知也。知之則必有戚戚然不自安之意，聽其不安則爲欺，不聽其不安而務求其安則爲慊。慊則無不安之意，即無不安之心，由是而心廣，由是而體胖，則德潤身矣。此所以身修而齊而治而平，端必由之也。豈非王道在慎獨哉？

不然者，舍此不務，而徒致飾於耳目之前，所謂閒居爲不善也，爲不善則勢且無所不至矣。其一段戚戚不自安之意，人不知，己必知之，己知之又恐人知之，爲厭然，爲掩著，而終不能勝其一段不自安之意。故肺肝之見，手目之嚴，確乎難逃。竭心盡力，亦究自墮於小人之歸，而於君子無與也。悲夫！與其虛支於後，何若實致於前？與其沮喪於既敗之餘，何若胅摯於未滓之始？棄正路而就荒榛，置坦途而沾藤葛，抑獨何歟？或猶自矜其慧，自詡其能，施施然曰："吾能欺人也。"而不知祇自欺也。是何異防民之口而曰"吾能弭謗"，其卒至於四決而不可救哉？

此《大學》傳誠意而再言慎獨，所以爲斯人計至深切矣。《中庸》明道而亦揭慎獨以爲宗，良以是夫！

執兩端解

《中庸》明道之書也，始乎天命，終乎天載，實與《大易》相表裏。子思子述夫子之言，性與天道乎？其論舜之大知也，有曰"執兩用中"，此何說也？

凡事一則專，二則雜。《哀公問政篇》再曰"所以行之者，一也"，言天地之道，亦曰其爲物不貳。夫兩獨非貳之謂乎？獨非不一之謂乎？豈聖人亦特模稜兩可，其於道直脂韋云爾哉？非也。天下事原未可執一以爲之也，當夫問察之後，隱揚之餘，已無復不善之足訂者矣。顧善者尤有至善者存，儻知其一端，而不知其又有一端也，烏在此端之即爲至善耶？今夫權之爲物也，輕重固絜乎其間，當夫持衡之際，猶必且前且却，錙銖畢稱，而後乃協乎輕重之宜。苟或貿焉以置之，匪失則輕，即失則重耳。不然，亦微畸於重，微畸於輕耳。聖人之於天下事也，奚不然？縱知其善，猶不敢必之爲至善，故必視止行遲而審量其所允當，然後確確乎用之而迄無弊也。

夫子他日有曰："我叩其兩端而竭焉。"乃知聖人處己與應物，俱未嘗一往冥決之，是之謂無適、無莫而義之與比。彼夫子莫之執中，是執一也，是無權也，烏足語夫明善誠身之學也哉？

或曰：舜之授禹也，曰"惟精惟一，允執厥中"。當時何不曰兩直曰一？何不曰執兩直曰執中？豈必子莫之執中爲執一，而舜之執中遂爲執兩用中也？曰：聖人之辭或不同而立意同，故曰無以辭害意。夫執兩即惟精之謂也，用中即惟一之謂也。允執厥中，援堯語以括之耳。然則舜之精一與執一，其允執厥中之與執中，可以無辨已。

繼志述事解

聖人論武周之達孝而歸之善繼善述，此即前篇子述之義也。但繼述而稱善，庶幾允協於中庸焉爾。説者乃謂文王未必有此志，未必有此事，而繼述乃稱善焉。若然，則武周一悖謬之子、妄揣之夫，惡在其爲孝也？此蓋拘於天子、諸侯之分，而曲爲當日諱，實開後人以敢於逆祖父之端。可不爲亟辨耶？

文王當日雖未有取天下之志,而實有安天下之志;雖未有取天下之事,而實有安天下之事。但在文王之時,安天下不必取天下,所以全聖人之大誼。在武周之時,不取天下終不足以安天下,所以行聖人之大權。文王之時,虞芮質成,服之以德;密崇見伐,服之以威。江漢歸心,汝墳遵化,天下蓋三分有二焉。此其志何日不在天下,而其事何一不從天下起見哉?迨夫一戎衣而天下大定,追王上祀,制禮作樂,然後安天下之志以慰,而安天下之事以成。此所以謂善繼善述也。如謂文王未必有此志事,創而舉之,祇可謂行己之志、盡己之事耳,安得云繼人之志、述人之事耶?

　　説者又謂文王服事紂,武王伐紂。藉令武周之時,文王尚在,弔伐之舉,文王遂躬行之乎?此亦未可執一而論也。大約聖人必不避一己之嫌而貽天下之禍。儻文王遇八百諸侯之會,勢亦不能違天命以庇一夫,但或處之盡善,不致來義士之諫、啓頑民之梗耳。

　　古之人有以作之,其必有以成之,所以賴有後人也,父子師弟往往皆然。孔子作《春秋》,以尊王爲大旨。及孟子説齊梁之君而勸之以行王道,遂置周天王於不問。孟子願學孔子者也,而何其不相蒙也?其時爲之歟?觀此,則武周之於文王,其所謂善繼善述者,何莫非此道耶?

仁管仲解

　　孔子仁管仲之功,置召忽之死,至等諸匹夫匹婦之諒而莫之知。其於【一】殺身成仁之義疑若相悖,由是導人臣以貳,何以垂訓後世哉?他日,彼子西、人管仲,然後知聖人直以大忠予仲,非徒姑許其功而略其節也。

　　《春秋》之作也,繫王於天。當時天下大君,周天子【二】一人耳。吳楚皆聖賢之裔,以其僭王也而外之,外其君並外其臣,雖有小忠,蔑足詡已。

管仲得桓而相之，赫然興江漢之師，責包茅之貢，以啟普天率土之思。東遷而後，王室不振，各君其君，而不復知有大君，因而各私其土，蠶食鯨吞，日相循而未有已也。仲出，天下始帖然於天威咫尺之下，誰復有逆命雄行以顯干天憲者乎？是仲不忠於桓，不忠於糾，而實忠於周天王者也。當其佐糾以奔也，幾欲得君以事爲一匡地矣。射桓中鉤，不暇爲桓計也。無何糾死矣，鮑叔薦矣，桓用矣。夫糾未成君，仲未成臣，絜輕重而量之，桓猶可事，一匡之業猶可成也。卒之一匡之業以成，忠在王室，仁在天下矣。使非有功於王，徒靦顏於桓以苟禄，曾不如召忽之死猶爲匹夫之志之不可奪，而又何仁之足云？

或者曰：武王伐其君而王，管仲不殉其主而霸。召忽之死，一夷齊之餓也。孔子仁夷齊而置召忽於不錄也，何居？夫紂雖不道，居然天子也。武王順天應人而伐之，不有首陽之節，幾不知君臣之義矣。齊一侯國耳，子糾未立，尚無關於社稷，召忽烏得與夷齊同日語哉？

或者曰：管仲之功大矣，而孟子卑之，抑何説也？此亦因時立論以仁天下耳。孔子之世，王猶足王，故尊王以正天下，《春秋》之大旨也。孟子之世，諸侯各霸其國，而王不足王，故黜霸以安天下，禪代之變局也。且霸者假仁而功不可施於久，至戰國而澤已湮，相習之謬反足禍世殃民而有餘，不得不咎其所自矣。然則孔大其功，孟卑其烈，仲之爲仲，不較然哉？

校按：

【一】於，抄本作"若"，《永平三子遺書》改爲"於"，今從之。

【二】子，抄本作"下"，《永平三子遺書》改爲"子"，今從之。

仁義與利解

戰國功利之世，孟子獨以仁義進，宜其所如之未有合也。乃七雄争利，卒併於秦。秦好利無已，不旋踵亡。至漢，寬厚相承，循吏【一】輩出，人心以固，國祚以綿。然後知聖賢之言，果垂之萬世而無弊也。

夫子罕言利，亦嘗曰"小人喻於利"，又曰"放於利而行，多怨"。夫固明晰利之爲害，思有以杜其源矣。《大學》終篇再致意於"不以利爲利，以義爲利"，其謀人家國，不啻加詳焉。奈何人之沈溺而不知返也？浸淫至於戰國，言利之習，中人膏肓。孟子雖力以口舌争，其誰能信之？他日有言曰："雞鳴而起，孳孳爲善者，舜之徒也。雞鳴而起，孳孳爲利者，蹠之徒也。"善原與惡對，乃變惡言利；利原與仁義對，乃變仁義言善者，何哉？

夫爲善莫大於仁義。爲梁王言仁義者，切言之也。人君徒善，不足以爲政，是必仁育而義正之，則性善之功始著。若夫凡民，日用念慮間但意主於濟人利物者，皆善也，所不憚孳孳以爲之也。天下之惡，大抵多從好利起。以利言惡，亦切言之也，通乎上下者也。故曰："王曰'何以利吾國'，大夫曰'何以利吾家'，士庶人曰'何以利吾身'，上下交征利而國危矣。"蓋上之人縱不言利，錐刀之末，不能禁小民之不争。苟更有以倡之，抑將安所底止哉？故仁義之爲利，令人不忍遺君父。利之爲害，令人不知有君父。不知有君父，其害有不可勝言者矣。此孟子首以仁義杜言利之弊，其所以爲萬世慮者，至深遠矣。

且夫雞鳴之時，爲善未必顯，爲惡未必鉅，而舜蹠從此分焉。繼之曰："欲知舜與蹠之分，無他，利與善之間也。"不已危乎？嘗譬之取路矣，均之自北而南也，面微岐於東，足微岐於東，則行而之東矣。面微岐於西，足微岐於西,則行而之西矣。其初僅跬步間耳,漸行漸遠,遂至於相失而不相顧也。雖極而至於不相顧,則其分止在跬步之間,乃舜之與蹠不啻霄壤矣。指人曰:"爾舜之徒。"未有不欣然喜者也。指人曰:"爾蹠之徒。"未有不拂然怒者也。乃心蹠之心,行蹠之行,即欲避蹠之名,其可得歟?

校按:【一】吏,抄本作"利",《永平三子遺書》改爲"吏",今從之。

知天事天解

《大學》不言天。所謂明德,即天德也,故曰"顧諟天之明命"。《中庸》始終言天,然未嘗言事天也。人生有不事君之時,有不事父之時,無不事天之時。念及於無時不事天,而猶敢有恣睢自肆者乎?然不知天,何以言事天?則天何由知之?此盡心知命之説所以示人知天者,至明切也。

夫心在人者也,性則近乎天矣。乃《中庸》言盡性,孟子言盡心者,何哉?盡性言其理,盡心則言其量也。言盡性,通諸人物,可以概心。言盡心,專屬一己,未足以見性,故又原之曰:"知其性也。"性即心所具之理,知性然後能盡心,猶曰物格而後知至,知止歷定、静、安、慮而後能得也。天不可知,洞晰吾性之理,則知天在是矣,斯可以言事天矣。

然變盡言存,變知言養,則又何也?夫知與盡,達其理也;存與養,致其功也。操而不舍,順而不害,則實有諸己矣。所謂拳拳服膺而弗失之矣,所謂戒慎恐懼而不須臾離之矣。極之不動而敬,不言而信,不賞而勸,不怒而威,以至篤恭而天下平,亦不過全此存養之功耳。故曰:"所以事天也。"

然人君斯可言事天,凡人言事天,不已僭乎?夫天即人而具也。天命之性，殊非擇人而畀之也，則亦誰無事天之責，而猶得自諉也哉？人之生也，猶天之初命以爲人也。及其死也，猶人之還而復其命也。人往往爲生死所動，故知之不真，而存之養之也不固。苟其殀壽不貳，知之既真，修身以俟，存養已固，斯果有以立天之命，而確乎不能事天矣？此孟子之言，先儒以爲與《大學》《中庸》相表裏，所以接曾、思之傳者歟？

然則聖人何不言事天？而聖人固言之矣。其言曰："知我者其天乎？"設非平日事天功密，奚以必天之知我矣？且其於見南子，則矢以天厭；於門人爲臣，則懼其欺天，蓋兢兢乎惟恐一時一事之弗克當天心也。觀其自信則曰"丘之禱久"，臨難則曰"天生德於予""天未喪斯文"，益有以見聖人之事天，與夫天之知聖人矣。特其性與天道不可得聞，故《魯論》所記猶或未詳。若夫"予欲無言"，繼之曰"天何言哉"，聖人儼然以天自處矣。故曰堯、孔一天也。

天日在人心性中，心性功疏，則違天逆命，有不得以爲人者矣。知天事天，信是曾、思、孟的傳，尤須以聖人爲宗。

卷 二

榆關佘一元占一著

序

賀比部素公白寅翁遷居序

素翁白公新卜居於長安西巷，秋曹諸同寅相與製錦作帳，屬文於余以爲賀。

余嘗讀《毛詩》，深有味乎遷喬之詠，竊以爲遷之時義大矣哉。昔人論學，曰徙義，曰遷善，是盛德日新，固有取於安而能遷之理。況子輿氏以三遷而砥德亞聖，百世而下仰止靡窮焉。至若盤庚遷殷，公劉遷豳，亶父遷岐，雖建都大事，不憚舍舊而新是圖。大抵古之君子，其於身心家國之間，往往以遷而獲吉。今諸公以遷居爲白公賀，豈無所取而漫焉從事者耶？

方今聖天子定鼎燕都，向嘗由建州遷遼，由遼遷燕，凡再遷而成大一統之業。一時熊羆之彥，以逮虎賁綴衣之儔，罔不攀鱗附翼，雲集景從於京師。白公以英齡爲從龍舊臣，領袖諸司，優游粉署，平反之餘，概多曲宥。所謂能活萬人者侯，斯其人歟？斯其人歟？

昔於公治獄有陰德，令大其門閭，可容駟馬高車，逆知後世之必興。今公隆其德而厚其庥，身膺美報，由是而特邀天寵，慶流來祀，駟馬高車之門,在新第固宜大啟爾宇焉。遷而協吉,無踰此者。余且繼遷喬之什而再賡《斯干》之頌云。

《禮記庭訓》序

今天下正天子議禮之時也。立國規模,首崇禮教,和樂由此開,兵刑由此戢,蓋綦重哉。

余初筮仕秋曹,繼而調秩儀部。愧疇昔學禮功疏,深懼弗克負荷,竊讀《庭訓》一書而有感焉。《庭訓》者,余叔岳劉松喬先生之所著也。先生夙賦穎異,博極群書,下筆數千言立就,負吾鄉儒林鼎望。然困於棘闈,幾售輒蹶者屢矣。晚年以明經振鐸畿南,授子一經,取生平所習《戴記》,删繁袪蕪,挈其切要而標柱之。蓋積數十年攻苦,闗途已經,不欲後人之迷於津梁也。其羽翼前聖,開示來學,可不謂厥功懋著哉?

方今開國之初,又值善教七年之候,有心者尋繹於是編,上自郊廟明堂,下逮婚祀賓宴、周旋拜跪之節,瞭然若指諸掌。其有裨於治平甚鉅,以視叔孫氏之綿蕝,小大竟何如也。

先生之子海若氏,負材警敏,繼先生之業,足以成先生之志,遂手是編以付其從兄澤宇,攜赴江省署中,將授諸梓以廣其傳。余以爲孔門趨庭數語,他日之雅言不外是焉。是可以郵播海內矣。

社　約　序

在昔聖門設教,首文而次行。及其述弟子職也,則又先行而後文。要非重文而輕行也,文正爲行地耳。後世操觚之家往往以文章相矜尚,而行事或略焉,甚至因狎比【一】而開邪徑,藉群聚而搆囂端,德行不彰,交游皆妄。況平日愨謹弗修,生心害事,以之運筆則浮汎疏淺之輩、龐雜梗滯之疵駢至沓陳,安所得洋洋灑灑以成黃鍾大呂之奏哉?

吾鄉曩有青雲社,前後凡二十有一人,大約皆彬彬博雅之彥。其間已領鄉薦者二人,以經明行修獲接踵登仕籍者又不下十餘人。余亦由此叨春榜,涖儀曹,迄今一追念之,未敢忘諸君子疇昔觀摩力也。嗣是則有敬一社,其始無過六七人耳,介公、子宗相繼捷秋闈,余年友賓日氏遂聯翩去矣。迨余守官都門,五載以病免歸。社中諸子蓋濟濟焉,復相率以律文請。余謝曰:"僕病未能也。"既而少間,乃進諸士而告之曰:"今功令方以結社爲禁,爾諸士各戀爾學、淬爾業,時而聚首一堂,斷金攻玉,以祈克底於麗澤之績,敦其實又奚必騖其名耶?"諸士唯唯。

未幾而合益社、金鉉社友數人相與去其標目,一以工文力行爲務。既融角立之隙,更杜苟狗之私,於敷華捈藻之中,寓翊善匡過之意,孜孜仡仡,互相勸勉。又復推廣此義,轉而自薰被其親識,不以社中社外而生歧視也。猗歟都哉!由是而禮讓絃誦,協氣濡蒸,於以篤天良、淳風化,且將於一隅見皇初矣。異日者正色立朝,有光文治,集思廣益,宗社生靈,實嘉賴焉。豈徒拖紫抒青,芥拾科第云爾哉?

時諸子以人數有加,深慮始勤終惰,重訂社約若干款,以爲經久砥礪之資。爰求余言,用弁簡端。余以友可不社也,社可不約也。曾子云:"以文會友,以友輔仁。"誠輔仁也,夫安可無社也?顏子云:"博我以文,約我以禮。"信以禮也,夫安可無約也?諸子勖諸。

校按:【一】比,原作"此",今改。

贈樂亭韓儼公父母治蹟序

　　涇陽韓公以南宫名魁知樂亭縣事，兩年來循良之聲蓋洋溢遐邇云。樂亭隸永平郡，僻處海隅，夙稱蕃富。開國來土地圈給，民多流遣，兼之水溢頻仍，征賦罔息，井閭蕭然，非復曩時景象矣。公承彫弊之餘，欲舉瘡痍之氓而委以繁重之役則不忍，欲隱殘疲之狀而飾以豐腴之觀則又不能。於是悉災傷之情與逃亡之故，數數爲上請命，俾得稔樂邑之困視諸州縣加劇而舒其勒策焉，吾民其少瘳乎？

　　昔李文靖爲相，每以四方水旱入奏。鄭監門《流民》一圖，里巷艱苦，摹繪曲至。自古仁人君子留心民瘼，不以中外大小有間。公以親民之司，痛切於親民之務，視古仁人君子之用心，寧有讓焉？例三年一編審，舉闔縣户丁而清核之，大率以增爲能，以減爲諱。即不然，亦不欲過損原額也。因蒙成累，因累成瞰。往往以數人而責其户，一户傾矣；以數户而責其村，一村蕩矣。民之鳥獸駭散也，天耶？人耶？誰爲之長而聽其爾爾耶？公心惻其故，毅然任之，一旦蠲丁徭萬有奇。闔縣之民舉手加額曰："斯真父母也。"即鄰壤之民聞之，亦莫不舉手加額曰："斯真父母也。"於是遠近諸紳士相與謀所以贈公，用誌厥蹟。

　　余友辛君爲邑庠博士，語余曰："韓公德政，未易更僕數也。士誦作人也，民歌樂只也，犴狴無冤也，萑苻無警也，錙銖弗染也，狐鼠畢除也。救荒則豆區之復饘粥之，治水則疏瀹之復隄防之。鑒設險守國而繕垣焉，慮傷財害民而節用焉，怵藏亡匿死之自驅於阱而申嚴保甲焉。公之德政，不獨一編審足概也。"

　　余曰："固也。嘗聞稱人之善者舉其大，而小者不能踰焉。吾於公此舉特服其識之高而力之鉅,爲人所不敢爲,洵足仰副朝廷民社之寄,而俯慰斯人怙恃之依也。天下事嚴之不能者姑寬之,急之不能者姑緩之。人知其寬之、緩之,不知乃所以嚴之、急之也。今日樂邑之民已不堪命矣,若再嚴急,勢必丘墟斯土矣。公行寬政而故緩其期,民情以達,民氣以蘇,民心以固,懲者起,逋者歸。安在今日之寡異日不加多,今日之貧異日不加富哉?公之爲一邑計者,匪僅苟且旦夕之謀。公之爲國家計者,誠億萬載無疆之休。由是知枳棘之必不久棲鸑鷟也。"

辛君曰:"諒哉!諸紳士之佩公素矣。請即以是言爲公贈,聊以抒其積悃云。"

賀孫文陞潞澤參戎序

今上龍飛十三年,以山海城守游擊將軍孫公爲潞澤營參戎。命下,其文武僚友暨紳衿相與製錦作帳爲賀,而徵文於余。余不獲諉,特爲濡毫以敘焉。

公初以金吾冑子補薊憲中權,爾時推將略者已首屈指於公矣。未幾,代視遵營,當事者有聞雞搏虎之譽。及擢滏陽都閫,時大同有變,煽亂全晉,流毒中州。公提師恢復涉邑,進兵黎陽。黃戍村一戰,大挫逆氛,生擒僞帥,功在一時諸將之右。由是西北一隅復獲寧宇者,公之力居多焉。

天子嘉其績,錄勳幕府。再逾年,則有山海之命。山海者,畿左巖關重地也。國初置鎭,後改鎭爲協,以公爲左翼。當事廉其材,值協將缺,即以公攝協事。見其游刃有餘也,具疏於朝,請改協營爲城守而專任公,俾展厥蘊。公感知遇,凡所以爲桑土綢繆計者,殆不遺餘力云。嗣是路將遷秩去,復以公兼路務,譏察關門。維時灤、樂、昌、撫間有寇警,漸及山石界，公隨宜設備，又時出奇兵以扼其勢，寇卒不得逞，旋就殄滅。且嚴海防，星羅碁布，俾廟堂無東顧憂。凡所以上抒主慮，下衞民生者，斯其大端也。今日潞澤之役，慎此以往，吾知其勝任而愉快矣。

夫爲將之道，與其貪功倖事，固不若以靜制動，以逸待勞。公平時投壺雅歌，綽有儒將風，而臨機決策，靈變錯出，有非尋常所得逆測者。方以儲他年大將之選，豈直潞澤之區獨當一面爲哉？

公性孝，事垂白母，隆極色養。往歲膺誥封大典，尊奉慈幃，光被泉壤。義方訓子，長君髫年掇泮藻，頭角嶸然，預占國器。其所以纘前啟後又如此。因備述之，竊附於聞善樂揚之義云。

賀福裔舅生子序

驪城南廿餘里趙村孫氏，蓋余之母家云。福裔乃余之從堂母舅也，年逾五十而生子，親族以晚得爲異，索文以賀。余以母黨之戚不得辭，且以舅氏之純樸足式，不忍辭也。

此村強半皆孫姓，獨舅一門生平退斂有邁於人者。兄弟三人，舅居長，循古人風，皆三十壯而後有室。躬耕百畝，豐年不奢，絀年不餒，無求於人，無競於物。余每至村，罕覯其足跡出户庭，私心竊敬慕之。今方得子，豈天心慎擇其足以爲善人子者而子之，而不輕以子之耶？語曰："仁者壽。"昔人有言曰："仁者必有後。"夫木訥近仁者也，方今求仁者未可遽得，安在近仁者之非即仁者哉？吾固知舅之必昌厥後也，今有後矣，因可預卜其壽矣。夫壽而生子，雖遲弗晚也。距今至七旬，其子長矣。進至八旬，可以生孫而亦成立矣。果其能良能顯，舅猶及享子若孫之隆奉而綽有餘榮也，又何遲暮之足歎歟？

但孫氏之居此村也舊矣，大抵秀者讀，朴者耕。然多負氣憚下人，淩厲之習往往見諸宗黨間。余忝親誼，每以爲戒，德薄語輕未喻也。今以舅之素醇謹，未聞疾聲怒色之加諸人，因生子特表出之，以式一旋，以式一鄉。言雖不文，不爲無當已。

祝雷太翁榮壽序

撫寧邑侯雷公有治聲。是月念八日，爲其尊人雷太翁覽揆之辰，邑之耆民相與裁錦乞文以爲壽。余於是見父母斯民者，民愛之如父母，而併愛及其父母也。

夫天地爲萬物父母，大君爲天下父母。邑侯者，體天地之心，奉大君之命，以父母此一方民，果其好惡與同，教養兼盡，俄而樂只歌矣，俄而孔邇頌矣。否則碩鼠鳴鴻適郊號野，惡在其爲民父母耶？雷公勸士恤民之政久著，此方民之戴之已非一日，其躋堂稱觥之忱，願效於父母，而更願效於父母之父母。夫是以踴躍而來，奔趨恐後，誠有不容自已者在耳。

然則太翁之致此，豈曰無自哉？翁生平篤謹，積善於家，八子二婿，現今四孫，家庭間往往諭以學道愛人之訓。長公遵訓宰是邑，而劇邑以理；次婿楊公司李蘇郡，政績復嘖嘖淮揚間。一門美盛，望重關西；子婿循良，齊芳南北。翁之以德獲福蓋彰彰矣，過此以往，殆方來而未有艾也。夫翁有其德，以福一家。長公奉翁之德，以福一邑。民之食福於公，皆其食福於翁也。天之錫福於翁，因而錫福於公也。翁之福不可量，翁之壽又安可量哉？

大凡父之愛子，遺之以厚產豐貨，不若遺之以深仁大澤。子之養親，奉之以鮮衣美饌，不若奉之以令緒榮名。翁有義方而遂得賢子，則一邑十七屯社之民無非其子之所子。此日扶老攜幼相率拜祝於大父母之前,公之子道於是乎益茂,而翁之父道於是乎益隆。斯足風已。

余應諸耆民之請,聊爲此以侑翁觴,併以告天下之爲父母者之在此不在彼也。

賀李丹陽長君遊泮序

李丹陽者,余姨兄之從兄弟也。以屬推之於余,亦兄弟也。爲人質慤而直愿,鄉之人以長者目之。有子四人,長業儒,窮年孳仡,不問生計,然詘於童子試者數矣。或勸徙業,怫然曰:"我何以徙業爲哉?譬諸農焉,於耜播種,以耕以耘,秬秠穈芑,終焉允獲。譬諸漁焉,修梁持罶,罩罩汕汕,鱮鱨鰋鯉,薄言掇之。我何以徙業爲哉?"無何得目眚,療之者曰:"甘淡茹素,庶幾有瘳。"謹從之,經年粥蔬,醲鮮罔進,凡以爲翫習地也。客冬姜玉璇先生督學京畿,而長君乃獲售焉。

由是知世之小喜輒驚,小挫輒沮者,大率皆無志儔也。惟小挫以沮而小喜斯驚,苟其挫之不爲動,則將來大受從可筮也。堅卧薪嘗胆之操,鼓破釜沈舟之銳,率斯志也以往,以登公車,以捷南宮,有爲者類然,孰從而禦之?且人庸愚自待,則庸愚而已矣。聖賢自期,則聖賢而已矣。志如是,卒如是。未遽如是,可以如是焉。可以如是,則如是矣。董、韓、周、邵何代無之?奚有於科第已哉?語曰:"士希賢,賢希聖,聖希天。"此物此志也。

余賀李兄,因爲長君勵,並以勵天下之有志斯道者。

祝李太翁榮壽序

詩書稱壽，不一其辭。大約有致壽之原與夫享壽之本，而壽斯稱焉。夫衆人之壽，秉賦而定者也；賢人之壽，積累而永者也。秉賦而定，可量者也；積累而永，不可量者也。賢人者有爲善之具，天復假以爲善之資，善彌茂，壽彌崇，又誰得而量之哉？

美翁李公以從龍舊臣，開國後奉命守榆關，蓋十餘年於兹矣。推誠布公，飲人以醇，關門無小大咸愛戴之。客歲求致政，願以其職授其冢君。上俞其請，公猶諄諄訓誡，期其冢君之所以守關門者一如公。冢君英敏有幹才，克承公志而大其猷，而公惟恐違凡所以曲成而婉導之者，蓋不啻三致意云。

關門滿漢共處，初難驟洽，公悉力調劑其間，久之而情聯意孚，既融主客之跡，又泯新舊之嫌。公之有功於關門者堪不朽，而望冢君以竟其業者，自不得不惓惓也。退居後偶染一疾，人頗危之。識者曰："無妨也。公生平德隆而勳著，兹方優游林籠，正其膺福食報之時。夫且由是而登耄耋，夫且由是而躋期頤，而何小恙之足慮耶？"未幾果愈，矍鑠如初。然後知公致壽之原與夫享壽之本，夫固有不誣者矣。

今歲七旬有六，九月二日爲綵麟之辰，一方戴公者相率糾貲製錦，乞文於余以爲壽。余謂由前而觀公之壽，秉賦而可定；由後而觀公之壽，積累而益永。公之積累不自今日始，公之由積累而致永者，殆方來而未有已也。冢君遵公訓，加惠於民，異日者天子嘉其績，推其所自所以爲公壽者，豈其微哉？

余因壽公，而願人之慕公者各思所以致壽之原與夫享壽之本，勿徒曰松柏崗陵以進羨於五福之冠云爾。

賀許君錫晉秩序

　　皇清開創之功，平西王稱首。王之首功，尤在榆關一戰云。燕京定鼎，遷王於陝，扼川廣之衝。以王世子留都門，凡王所賜第暨太王祠宇猶在關門也。說者謂關門不可無人以承王命而布其澤，蓋戞戞乎難之。僉曰："惟許君能。"王於是從衆論，用許君駐關門，十有餘載矣。

　　君慷慨知大義，於王疇昔共事之人，每加意勿少懈。至賓客往來關門，不惜餘力以廣王德意。且能輯旗下諸人，不隨不亢，以此人咸感悦而不褻，賢聲漸達。王世子以達於王，王益信向之稱能者果無負也。録績於朝，俾以守戎秩仍駐關門，殆所謂戀官戀賞、厥典允協者歟？

　　未幾，以覃恩晉都閫三品階。衆榮其進，克副乃績，謀所以為賀。余以王昔提義旅，保關拒寇，順天命以集大勳，關門之人當改革之際，不罹改革之厄，王之功在社稷，德在生民，實與關門同不朽焉。君能推王德意，為善於關門之人，與君交游，不儼然王澤在命耶？君之有功於王大矣。王之左右戰雲謀雨、陷陣摧鋒之侶踵相繼也，而首功之地惟君之績為最著，其所以仰成王德而益彰其功，寧有既哉？

　　是舉也，不獨為君賀，且為王賀，更進而為聖天子賀得人。其屬望於君者，當非淺鮮云。

贈司李劉公攝篆樂亭序

　　潛江劉公司李北平，衆稱明允。樂宰缺，當事以公代篆。數月，士服其教，民頌其庥，余竊異之。昔人云"久道化成"，又云"所過者化"。蓋至人敷治，歷久暫咸著其功。若夫賢人君子乘時濟世，在一方奏一方之勛，在一時表一時之效，正不必拘拘三年報政期也。

　　公之攝樂也，下車即糾諸弟子員手課之，判其等第，曲加勸勉。貧不能存者，贍給之。下逮庶姓之傷終窶、嗟莫顧者，悉心賑恤焉。其作士育民，稔厥先務矣。更於溢需浮費，概示蠲除。前縣署日用米薪，歲時交際，派之里甲，例也。公以爲無害於民，例可徇；有害於民，雖例弗徇也。朝廷設官理民耳，徇例乎牒，於上盡剔之，勒諸貞珉。由是樂邑之民其胥蘇矣。

　　近之爲宰者，往往一行作吏，輒攜眷屬親識坐食滋耗，且繡黃珍錯，日新月盛。媚事上官者，慮無不至，亦曰取之於民耳。果其無取於民，一出於己，安得不琴鶴自隨、筐篚務節乎？公一時之行，貽一方無窮之利，斯豈久暫之所得囿哉？

　　事竣，公歸郡。邑之紳衿感公而謀所以贈，聊據輿論以述其略如此。其在郡聲績，會當別有所識云。

《呂氏族譜》序

　　榆關呂氏，吾鄉望族也。初以軍功起家萬户侯，由遼歷京，而後乃家山海焉。以爵傳，前此未有譜也。革命停爵，太呂翁恐其代久而漸無稽也,爰作家譜以示後,索余言一弁簡端。

余與呂氏在姻友之間,竊見其起家以武,繼世以文。武有司衛篆、登副戎、晉遊府者,文則或秩部僚,或擢監司,或佐郡宰邑,且繩繩未有艾也。猗歟都哉!譜之作,其容已耶?

昔蘇老泉序譜有曰:"觀吾譜者,孝弟之心可油然而生矣。"夫人無孝弟之心,不可以作譜。呂氏興民敦讓,以孝弟傳家,為之後者誠能世守而光大之,安在一家之法不可以教一國,一國之法不可以教天下哉?子輿氏有言曰:"人人親其親,長其長,而天下平。"夫人人親親者,家家孝也。人人長長者,家家弟也。家家孝弟,天下皆孝弟矣。天下皆孝弟,天下又奚足平耶?

大清定鼎燕都,混一海宇,迄今將二十年。乃人情未盡篤,民風未盡淳,由於孝弟之義猶未盡晰也。欲晰斯義,特表一家以為式。然此一家中,尤須人人喻作譜者之意與夫序譜者之心,各親乃親,各長乃長,慎勿泛騖於天下而自昧一家,苟求於一家而自寬一己也,其庶幾乎?是為序。

賀韓康侯遷秩西平副尹序

榆庠韓先生擢西平貳尹,其行也,關之紳若士相與裁錦製帳,徵文於余以為贈。

余見向之學博,往往守俸待遷,鮮加意於學宮者。間或薄示拂飾,斯稱賢已。若夫竭誠殫慮,一舉廟貌而聿新之,此固從前罕覯者矣。山海自建學以來,重修無慮數十家,有捐貲數百潛實私橐者,有補葺一二旋滋罅漏者。在昔物力豐饒,猶難遽臻實效,矧當東措西移、銖積寸累之日,顧乃一榱桷悉具成謀,一瓦礫絕無浪用,頓令大殿之淋墜者立覩崇閎,泮池之傾仄者再瞻鞏固，兩廡、兩門以逮名宦、鄉賢諸祠宇莫不凝璀璨之光、挺巍峨之象，誠本朝二十年來一大創舉也。

先生之初爲斯舉也，甫得數金，即爲儒學繕久缺之扉，竣已隳之堵，刻斯告成。爰是謀諸紳若士，力舉是役。人咸疑其功浩費艱，先生毅然任之，不兩月而事克集。信乎，天下事亦在乎爲之而已矣。

先生始任定州，黌舍增隆；繼推清苑，子衿戴德。跡之所履，聲績卓然。由此而蒞花縣，佐琴堂，中州之民群食其福。枳棘豈久稽鸞鳳耶？聞其尊人秉鐸渤海，迄今誦教澤不衰，家學淵源洵有自也。冢君食餼膠庠，蜚英藝苑，異日光昭世業，寧有既哉？

關門自革命後，人文視昔寖盛。得此而成德者益修厥德，達材者彌勵其材，聖教大興，儒風丕振，先生之功庶與宮壁同不朽矣。詳勒貞珉，適方有待。特先敘此，以佐祖餞之觴云。

壽趙母閻孺人序

母德之關於家國也，蓋綦重哉。欲視其母之賢，當於其子之奉命率教觀之，則什得八九矣。

趙君瑞徵氏，吾鄉杰士也。爲人倜儻，有俠氣，不拘拘於尋行數墨之儒。少失怙，奉母儀唯謹。母閻孺人，能代父責，而督戒不遺餘力。以此君克自立，而家聲丕振焉。生五子，長遊泮，餘皆力學無佚曠。其前代有以世爵登閫帥【一】者，至是絃頌相傳，忽易爲詩禮之門。雍雍穆穆，主持得宜，子安爲子，婦安爲婦，孫安爲孫，凡皆母之教有以貽之也。

昔申國夫人性嚴有法，教子事事循蹈規矩。其子呂榮公甫十歲，祈寒暑雨，侍立終日，不命之坐不敢坐，故德器成就大異衆人。後世之爲母者，往往鍾禽犢之愛，婦子嘻嘻，漫無所憚，甚且曲爲子護，養成其驕，雖外傅無所用其力，安所得賢子若孫而相與有成哉？孺人性慈茹素，然教子持家不事姑息，斯稱賢已。壽九袠，康寧無恙。吾知趙氏之澤將來必弘且永也。

趙君時爲榆庠諸生，由此升成均、登賢書，能奉家法，必能遵國憲，行且爲當世所大用云。

校按：【一】帥，原作"師"，今改。

賀城守章京李公生子序

山海城守參領李公，年近七旬舉一子。關門滿漢文武諸公暨紳衿輩，羨其高年叶麟趾之慶，相與製錦徵文以爲賀。

余謂古人以富壽多男致祝，而多男要非倖致也。公以從龍舊勳，開創初奉命守關，厚德弘材，覆被斯民者二十餘載矣。民之戴公者深，祝公者至。承祧襲廕，業已有人，而今復兆瑞熊羆也，豈偶然哉？

子出庶媵，人未知之也。夫人語人曰："我翁古稀歲猶能子，吾幸也。我將撫而育之，勿令有失養之虞。"以此人皆知公得子，而且共頌夫人之賢也。使非夫人之賢，而媵不得進，媵不得進而子何由生？縱生子，方媢嫉不暇，奚暇稱幸而撫育不啻己出耶？是由公之生子見夫人之賢，由夫人之賢，而公正家之法愈不可磨也。近世嫡多不能容庶，致嗣續不蕃，公與夫人可以風已。

諸公之爲是舉也，彰公之德併表夫人之賢，且以風世，而俾各昌厥後也。勿僅視爲尋常慶賀之常，可乎？是爲序。

賀王玉寰八旬壽序

　　玉寰王君，朔方人傑也，嘗從舊司篆郭公聞其爲人梗概云。君倜儻好義，爲鄉評所推。游庠有文名，赴棘闈十一科不遇，以明經起家，隱居不仕。

　　國初求賢甚亟，有司勸駕，起授棲霞令。未幾辭歸，其素志高尚蓋如此。昔年有兵警，傾家貲犒士，爲守禦計。或詰之，應曰："時事如此，尚安取此長物爲？"鎮帥赴援經其地，兵踐傷禾稼，約諸生不晉謁。帥廉知，中夜督兵去。夫鎮帥聞言知愧，亦可謂賢將軍矣。向非君德望夙孚，何能動人屈服一至於此耶？

　　郭公初以武甲榜授衛守戎，司篆吾鄉有善政，民爲樹去思碑，感誦不置。歷歷南贛營將，暫閒候補。適來關門，語及王君歲八旬，於其月日値其絃麟之辰，屬余爲文賀且祝。余杜門久，不漫臧否於人，以郭公爲官之良，因知其稱王君者應自不誣也。由此登期頤，膺遐福，誰曰不宜？且君子若孫皆讀書學古，蜚聲鬐序，他日榮昌泂未可量。余之所以賀之祝之者，豈徒溢美乎哉？

　　語曰："有譽必試。"余之譽王君，即於郭公試之矣。是爲序。

《陳幾亭先生全書》序

　　明嘉善陳幾亭先生，吾師也。先生理學經濟得孔孟真傳，爲一代大儒，惜未究厥用，著書垂後。余昔受而卒業，迄今三十年來，雖仰企未克至,而尊行未敢怠也。先生之書大約以生生爲宗,以人倫爲重,以誠爲本,以躬行實踐爲功夫。至於用世大意,蓋爲民而事君也。

余少有志科名,己卯領鄉薦,獲售於先生之門。一見輒喜,教之以言行必期盡善,勿不善,因授是書。俯而讀,仰而思,始知仕進非徒榮身,凡以安民也,遂殷然以利濟爲己任。身遭世變,性命苟全,功名念冷。值盛世開科取士,欲以乂安百姓,適觸素願。丁亥再試,受知於山右陰泰峰先生,與幾亭先生同門友也。由是筮仕秋曹,調秩儀部。遵幾亭先生之遺意,而推行之往往離合相間,久且力不從心,事不慊意,而病生焉。得請放歸田里又十餘年,每於師友講求鄉邦措施之際,靡不奉吾師之言以爲依歸,不覺允愜余衷也。

海內之大,同志者固自有人,取吾師之書,率而尋之,以廣其傳,進可治民,退可治身。吾師雖不能大用於當時,尚可大行於後世,庶幾與程朱比烈矣。先生之書大抵宗高忠憲,即王文成猶微有同異,而大致相取,行之確有實效。求之妙有深旨,藉非詳味而堅承之,恐未許遽窺其蘊耳。

世兄輩重訂全書,郵示於余,因附陳管見如此。世有知者,諒當不以余言爲謬也。謹序。【一】

校按:【一】《幾亭全書》此文末有落款"康熙乙巳孟夏之吉榆關門人佘一元頓首拜撰"。

文昌宮籤簿序

嘗讀《文昌化書》,知帝君之靈,自周室已然矣。其爲人沈毅而剛大,故其爲神正直而聰明。然一段彰善癉惡、激濁揚清之盛懷,歷數千年如一日也。故吾儒奉之,釋道亦奉之。在帝君惟善是依,豈過分別哉?

竊惟神之有籤,亦古來卜筮遺意歟?余少不敢輕試,恐冒褻瀆咎。歲己卯,同社諸友將赴秋闈,相率共祈一籤,以占中式有無出自同社否。降子二十三籤,後二句云:"青雲終有路,休惜苦勞心。"爾時社號青雲,咸喜有人,又喜在社中。余果於是科獲售,已欽神語不誣,即指社名示之矣。至甲申錄平昔王共事功,授余莒州守。時方丁母艱在籍,不意一秩自中朝懸授,將赴京辭,敬祈神籤以卜從違。降未十四籤,末二句云:"檜襄憑道力,香火更留心。"捧玩"香火""留心"之語,知允守制,司家堂香火。但第三句不知所指。行至撫寧,遇永平道李公來山海,叩以故,具陳顛末,教之曰:"本朝丁艱未定制,況無保勘,安知不疑規避乎?盍起府文申道轉撫,而後達部,庶為有據耳。"於是即遵公命,果得部批,允終制。始知所謂"憑道力"者,憑司道力也。神哉!何併官名示之耶?

未幾,以仕籍乏人,連催直省舉人一概赴部謁選。時母制將終,春闈可待,誠恐不容遷延,復惴惴往祈焉。乃降酉十八籤,首二句云:"土木著朱衣,相逢意自隨。"私竊謂凡見任官皆朱衣客,相逢意隨,不重拂吾意也。又思神籤屢驗,土木定有所指,由是食寢不釋者累日。忽憶撫軍宋公諱權,姓下一木字,諱旁一木字,又兼橫豎相連四土字。此時催促事由,撫道必原我初意而置之。嗣是果不復催,以為既獲靈應矣。不意丁亥會試,宋公以內院大學士充考試官,余卷呈堂,蒙特拔冠本房。至是"朱衣"二字與"相逢意隨",乃始更獲奇驗也。

凡神籤之靈,亦祇示以吉凶,俾知趨避耳。示社名,示官名,復示人名,即使父兄師長相對面命,亦未必指畫如是曲盡也。神哉!神哉!是豈可以褻視之而瑣瀆之者哉?從此,非事關切要不輕祈,有祈必應,未可枚舉。

此籤及簿原係張君恒毓氏自都門錄至,日久就敝。適馮君觀海氏重錄籤簿，聊附數言以表神明顯赫，非積誠敬，未可輕試云。

賀撫寧季平王父母壽序

今之邑令，古之諸侯也。單父之琴，河陽之花，飛梟馴雉，治蹟爛然。在今日有難言者矣。催科日迫，撫字無靈，犴狴相仍，詩書罔事，求所以留心疾苦，加意好修，教養兼盡，以勸課士民爲本務，不亦空谷足音哉？

季平王公之治撫寧也，夫固有足多者已。公江南之上元人，少遊膠庠，繼襲祖爵，蓋文事兼武備者也。在前朝曾贊畫鹽餉，有智略。改革後，隨定南將軍平浙湖，署寶慶道，聲績茂著。尋以母病告歸，視膳嘗藥，衣不解帶，子職殆無缺焉。病愈，遵母命從征黔滇。平昔王重公，題授江川宰。江川數經兵火，民多流亡。公爲葺屋授田，給牛種，民始有業。大兵養馬，恣取稻禾，公與主帥約，晝巡夜稽，獲即送軍前治之，兵知有法。邑無學宮，公捐俸創建，士始知有俎豆聲容。輸餉無匱而民不勞，供應如額而兵不怨，皆公撫馭有方，調劑合宜，故民與兵相安，而上亦得雍容絃誦於其間也。山有塘，可溉田若干頃，歲久荒圮。公爲疏引復舊，民享其利，號王公渠，立祠其上尸祝之。及聞母訃，遵制還里，邑人遮留泣送，祀公名宦。其治江川善政，固有如是之美備者矣。

起復，補撫寧。夫撫寧，畿左巖邑也，當兩京孔道，民素屢疲。公下車即出示，蠲雜費近千金，頌聲播四境。每視學，勉諸生以進德修業，士遵約，夙習爲之一變。謀創書院以課文業，設小學田，立社學，擇士之端謹者主之，優其廩餼以訓寒生。實坑塹以補來龍，新城樓以壯起色，招西關廂居民復業以完獲蔽。凡有益於士與民者，靡不殫心竭力爲之。理詞俾自拘到即質曲直，遣去無纖罰，吏胥奉法畏若神。君蒞政未匝歲，令行禁止，城市改觀。近今邑令若公者，寧堪多覯乎哉？

是月念七日爲公覽揆之辰，邑博士弟子員相率走幣，徵余言以佐公觴。余以邑令代天子以父母斯民者也，必養民教士，克稱厥職，斯於父母之責無愧焉。顧文法糾牽，絆足掣肘，治將安施？公清操見諒於上，而長材無滯於下，昔之治江川如彼，今之治撫寧如此，夫何畏途頹俗得以撓之乎？關門距撫寧僅百里，廬井田舍半隸撫寧，孔邇之戴，與衆共之。余舊籍如皋，又與公有維桑之誼。異日入晉清華，出秉節鉞，士民之沐澤無盡，余之竊光亦與之俱無盡也。

《詩・南山有臺》之三章曰："樂只君子，民之父母。樂只君子，德音不已。"聊引以爲我公贈。其二章曰："樂只君子，邦家之基。樂只君子，眉壽無疆。"更進以爲我公贈。至於崗陵松柏之諛詞，無容漫贅云。

賀衛主龍浦王公擢都閫序

山海衛守戎王公，擢西陽河堡都閫。曩以武階親民事，嗣是始預兵政云。

嘗讀《禹貢》："五百里綏服：三百里揆文教，二百里奮武衛。"文以治内，武以治外，總取於乂安之義。山海衛創自明初，本朝復以撫寧衛歸併山海，設關於衛，當兩京之衝，滿漢雜居，地稱繁劇。公起家武甲榜，能以敦樸之性兼果毅之才，處之裕如也。催科不煩擾，緝捕無株連，葺學宮，飭牌甲，平訟獄，懲頑佑良，善蹟未易枚舉。大要立心惟求無僞，舉事但欲便民，以此民服而懷之，七年於兹矣。先是司篆登州衛，有惠政。及奉裁而來補是職也，蓋駕輕車履熟途耳。

不特此也。公先君子爲涉縣尉，愛民如子。當改革際，百姓依依不忍舍，保留二載，例當改選方解任。兄以乙酉孝廉爲永年令，績最一時。公少負材勇，優壯略然，先隨父任，後隨兄任，其明習吏治有素矣。是以一親民事，若理家務也。今喬遷將就道矣，闔門薦紳子衿輩沐公德政，無可誌感，製錦作帳以申祖餞之悃。

余以朝廷設兵，原以衛民也。將者，統兵以衛民者也。必知朝廷設兵之義，始可以爲將。此義未諳，必將玩盜以殘民，甚且縱兵而釀害，豈設兵衛民之初意哉？公家學明習吏治，及治衛，練達民事。以此治兵，必能肅卒伍、嚴號令，靜則壁壘一新，動則秋毫無犯。而奸宄【一】有不潛消，士民有不安堵者，吾不信也。

夫西陽河堡居宣鎮一區，此猶牛刀之小試耳。由是晉專閫，登壇秉鉞，造福蒼默，夫寧有既？矧今聖天子用人不循例，以公才兼文武，民事、兵機皆其所長，出可將，入可相，衛霍之勳，安在不奏伊呂之業乎？

公陝右朝邑人，近籍永年。余不敏，行且瞻棠蔭而竊梓誼之光矣。是爲序。

校按：【一】宄，原作"究"，今改。

賀關廳陳培生公祖壽序

今天下蓋亟需吏治哉！寰宇蕩平，民生寧謐，所恃以綿蕩平之業、固寧謐之基者，緊惟吏治是賴。

山海爲畿東重鎮，兩京孔道，中通一綫。有治滿兵者，有典漢軍者，有統營路、司衛篆者。至於握士民之樞，綰農商之要，關門別駕一署攸係實鉅焉。自非優懷愷悌，擅績循良，鮮克勝其任而愉快也。

永嘉陳公以英年雋質分符關門，下車以來，士服其訓，民佩其恩，農商各守其規畫，四載於茲矣。二月念八日爲其覽揆之辰，吾鄉紳衿輩製錦爲祝，而屬文於余。余以松腴石髓詞近於迂，瀛島瑤池語鄰於誕，惟即公治關實蹟以揄揚其盛，可乎？

公之治關也，蓋因關以治關，而不滋繁擾，不墮玩愒者也。稽逃防盜，申嚴保甲，而疆境以寧；給芻供糧，應機出納，而賓旅以裕。理學工則宮牆焕奕，芹藻生馨矣；試生儒則遴取公明，械樸興頌矣。賑孤貧以蘇依樗之困，飭郵務以濟皇華之遣。招商賈則貨財集，撫流寓則課稅充，寬刑獄則耕斂遂。私鹽之務詰也，城垣之畢葺也，中衢樓榭之聿新也，凡皆因關治關，而不滋繁擾，不墮玩愒也哉。公之加惠關門，可謂厚矣。方將下壽，民上壽圖，以此祝公，夫豈迂詞誕語之所能擬耶？

公先世以武階起家專閫，權擁大纛，兩代殊榮，今其諸父且以督秩佇膺總帥矣。厥弟見任登郡別駕，主臨清倉稅，循聲徽蹟殆與公相頡頏焉。望族重以厚德，公之遐福寧可臆測？獨是在關言關，公爲郡分署，龔、黃、杜、召何以逾茲？從此光薦章，勤內召，隆股肱耳目之寄，懋鹽梅舟楫之勳，俾九有弘開壽域者，當必以關門吏治爲之權輿云。

賀汾守劉扶宇舅壽序

嘗聞祝人之福者首曰壽，然壽亦未可概言也。天子萬年，以天下爲壽者也。其下爲藩臬者壽一方，爲守牧者壽一郡，爲令長者壽一邑，視責之小大爲壽之廣狹，壽亦何可概言哉？

扶宇劉君，余之內弟也，優吏治材，歷遷得汾陽守。夫汾陽，古西河地，卜子夏教授之區，其民儉朴有古風。爲之守者，必得循良君子，斯足以稱職而無忝焉。君昔佐平度，判東甌，牧六蓼，貳潞郡，隨在聲績卓然，去後歌思不衰。今以治汾，興學惠民，輕刑薄賦，徽績未易更僕數。且能厲冰蘗聲，聽斷如神，訟獄者咸歸之。大爲當事所重，上其治於朝，增三品秩，邇且汰監司、裁司李，併其權於守。而君游刃有餘，不厭煩劇，所謂盤根錯節利器斯別耳。

君之蒞汾十年於玆矣。在昔吏治，惟漢稱最，而明初猶爲近古，大抵久任超遷而已。非久任無以展其蘊，非超遷無以酬其勳。吾知君之治汾，必有以厚償之也。乃兄澤宇氏嘗爲馬邑令，有善政，祠名宦。君優擢內轉後，汾之人當尸祝之。外躋藩臬，率守令以壽一方；內登宰樞，輔天子以壽天下。壽域弘開，寧有紀極？

君復施德於鄉，由親黨暨知交，周其匱乏，助其婚喪，成其進取，食德飲醇者比比皆是矣。前屢被覃恩，疊膺敕誥，贈余外父如君官，所以光顯前人者有然。但年近耳順，猶艱於嗣。在君有以處之，天必有以相之也。

余叨至戚，闊別二十餘年，遠隔二千餘里，良晤無期，徒勞夢寐。今於覽揆之辰，聊爲祝詞以佐君觴。既郵致之，將壽諸梓以爲他年之左券云。

族　譜　序

嘗謂譜者一家之史也。其義昉於太史公之作世家，而盛於唐宋。諸儒之筆各具體製，要之以歐蘇爲最。歐譜曰世之來也遠，宜斷自可見之世爲譜。蘇譜曰世久不勝其繁，宜以遠近親疏之別爲譜。二公之意蓋以譜取其實而不可泛，立譜取其確有可據而不可誣也。

山海之有佘氏，自如皋來也。如皋舊譜云："佘氏之始，實出黃帝之後，世居徽歙，分徙大通。"其遷此皋邑者，由始祖福一公遷之焉，是宋理宗時事也。歷宋元而明,洪武間始以支遷山海,及余六世,逮見在諸孫輩八世矣。

大清定鼎,百度爲新。余前此守官都門,曾通問於原籍族人,得其舊譜,而失其宗派,是亦未可强合耳。因略載其源本之所自,而斷自吾始祖諱富者,以爲之譜。其大概倣舊譜遺式而參以鄙見,附陳法戒以示子孫知所從。後之人神而明之,勿替引之,庶幾無負此作譜之意云爾。

徐遠公册籍序

癸卯之夏,表弟孫裔蕃氏簡余曰:"撫寧有徐遠公先生,長山人也。弘才博學,尤精堪輿。慕兄義,欲進訪,命弟介紹於前。"余復曰:"徐先生,愚願見者。但家貧地僻,慮不足屈高賢之駕,容諏吉期以迎。"是後連月大雨,山水暴漲,久不克踐前約。比霽,則期以秋冬之交矣。

菊月念二日,忽投刺以臨,一見輒合,歡若素交。時余亡媳兩棺葬非地,識者知其然,未有能易之者。先是占以數,一示寅方,再示泰卦,心知其地在東而尚無確據。先生至次日,登先塋審龍訖,不顧余祖、父數塚,竟持羅經東行數丈許,曰:"穴在是也,奈何偏而西耶?"憶余幼時曾聞之先人云:"祖兆原在塋東,後遷之西。遷時壙中煖氣蒸人。"今故址猶在也。先生之論,券諸先人之言,及所占之數,實脗合焉。遂於黃鍾月念日,改抙亡媳兩棺於今地云。由是諸親友聞之,扳留歷冬春,多所指授,衆心咸悦。此後連歲往來山海、石門間,暇時與談道義則純正,談經術則博洽,談康濟則切中情事,以暨丹書内典,罔不究極其妙。因知先生非堪輿中人也,則堪輿其寄焉耳。

逮披其册籍所載詩文圖記,皆足追踪古人,要於沈鬱悲壯中有曲至旁暢之致。其闡道論德固可法傳，下至一宮室，一果蔬，無不悉其原委，詳其顛末。或於人一行之善、一言之當，亦所不遺。推而廣之，《周禮》之繁，《山海經》之怪，要皆聖賢精意之所存，則先生信有心人哉。故曰先生非堪輿中人也，則堪輿其寄焉耳。是為序。

卷 三

榆關佘一元占一著

記

修建三清觀記

自太極分陰陽，而道之名昉之已。黃帝以前，其說近幻。至周《道德》五千言，遂奉爲其門鼻祖，而夢蝶莊生、御風列子，皆裔派焉。羽衣者流隆稱其號曰太清，與玉清、上清並列爲三，而以四帝配之，固自有說。世或疑之，竊嘗援儒者之書有以證其非誣也。

語云："師臣者帝，賓臣者王。"周官立太師、太傅、太保，兹惟三公，論道經邦，燮理陰陽。當時有是官，天子所改容敬憚，不敢以臣禮加之者也。其人洞悉天人，精窺奧理，殊非庶職百執事之所可測其淺深。故其時三光明，群生遂，鳳儀獸舞，重譯來朝。惟世實有其人，爲之上者知而舉之，尊道誼不衡勢分，爲能相得益章也。後世杜漸防微，尊卑界嚴。古人去天未遠，卑躬問道。然則上帝師三清，宜有其理。在帝不以爲褻，在三清不以爲倨。斯誠足解世人之惑，而斷其說之非誣矣。

山海舊無道觀，明末有陰陽李真成者發願募資，百歲翁曹繡實首其事，創建於城西北隅。維時正殿、兩廡、門垣略具，而規模猶未大備。嗣是全真張守正自都門至，止其間，增抱廈、兩廊二十餘楹，繼起鐘鼓二榭、門坊一座。於是修爲日盛，鐘磬之音四時不輟【一】，一方祈禳有舉，必以是爲會歸焉。

間嘗因是而進求之，三清以道家祖爲上帝師，福世利民，亘古罔墮。當兹大清正統，中外一家，所恃以廓清其疆域而肅清其紀綱，俾四海普享昇平之慶者，屬之人乎？抑屬之神乎？古大臣告成事往往歸其庥於神，誠以人力或有所不及，不敢貪天功以爲己利也。是不能不敬祈夫神功。

校按：【一】輟，原作"較"，據光緒《永平府志》改。

朝 陽 洞 記

山海關者，面海而背山。城北一帶皆山也，最高而秀曰角山，迤西則曰朝陽洞云。山名狼窩，洞居山之半，以南向，因以朝陽名。其深廣可坐十許人，内石泉一，旱不涸，潦不溢，常足供一人竟日之用。昔有工道人者，奉菩薩像焚修其間，歲久化去。嗣是，有南僧俗姓徐而忘其名，募建大士殿三楹，首事則余業師馮賡廷先生也。

先生諱祥聘，時食餼衛庠，後以績歷仕長沙亞守。嘗夢有人持簿化緣，而僧適至，遂肩其事。擴基搆宇頗費斧鑿工，堅者鍊以火，缺者砌以石。石艱至，乃邀王、劉二將軍遊山，進其從兵近百人飲食之，自麓達洞，魚貫列傳石，不終日而用畢裕如。人衆水遠，炊沃維難。遇老嫗，指以靈狗石下，果得水，凡若有神助焉。由是知地之廢興、人之離合，允各有數，無容强也。

余弱冠隨師友頻遊斯地，兵擾運革繼以宦，間隔幾三十稔矣。病歸再遊，向之與偕者殆寥寥焉，頓不勝今昔之感也。茲石工井某等夙願捐珉，求余文一記其勝。余記僅耳目所聞見耳，若夫弗經見聞以前與夫未及見聞以後，烏從而記之？余不能記，山靈當自憶，其必哂我見聞之固也。顧見聞有不可秘者，用以勉應石工之請。是為記。

寧遠慈憨庵記

慈憨庵不一，其在寧遠北關廂者，創於順治丙戌歲。維時平西王方自秦隴還遼，居錦州，寧遠乃其曩昔駐兵處也。改革以來，景物蕭條，人烟寥曠。有僧曰悟真，道戒夙成，適值王居士顯德慕其堅志，懇留焚修於中，始不過禪室數椽耳。其衲友曰師寶，幼齡出世，能以寂靜苦行感眾，相與訂締造之舉。不藉持募，人爭助之。未幾悟真化去，師寶獨肩其事，閱數年而事克竣。構正殿三間，奉西方聖暨諸羅漢果，東西兩廊六間，前有韋馱殿、二門、山門，繚以垣牆，居然一佛境矣。

今上改元，滇南大定，海內一統。平昔王功高當代，旗下守戍許君，乃其輯舊隸留山海者，平日布施此庵，爰進僧於余求記。余謂以僧創庵，以庵奉佛，宜然。乃以慈憨名，從佛起見乎？從僧起見乎？夫隨人具慈憨性，隨地具慈憨因。但安常處順之人、襲豐履盛之地，往往慈憨之性不萌，慈憨之因不著。惟艱辛慘痛之後，厥機易動，厥事易集。此地固嘗聯雲揮雨，摩肩擊轂矣。迨舉眾入關，已委之於寒烟荒草間，復施整頓，洵匪易也。今之地猶然昔之地，今之人半非昔之人。從二十年後遡二十年前，風氣迥不相侔。自此相培相育，漸振漸興，安知不由稚而壯，由頹而隆耶？惟願大眾常提此慈憨一心，長民者愛人恤物，居家者積善存誠，在儉嗇之時亟加警惕，處亨嘉之會勿輟憂惶，庶不負此庵創建之本意。則僧與佛一體，俗與僧一致矣。

余記其蹟併附此論，以應許君之請。由此推之，將平昔王駐寧入關、歸遼遷陝、收黔定滇，歷萬里之遠，經百戰之餘，以贊成今天下大一統之業，何在不足啟人慈愍之心乎？是爲記。

老君頂記

石門之北有山，曰老君頂。上有丹爐二，相傳爲老君煉丹之所，未知然否。山腰有殿，林木蓊蔥，荒廢已久，昔人往往見神異踪。山巔搆三教堂，僧某住持其間，道士陳某【一】合衆每歲進香於其地云。

夫山以老君名，道家祖也，厥流進香宜矣。僧適居之，此三教堂所由搆也。嘗見三教堂位置，大抵老左、孔右、佛居中，或疑之。竊以佛由西域客中華，老與孔同時，年加長。佛居中，序賓也；老居左，尚齒也。吾夫子秉禮爲儒人宗，於此正見盛德沖懷，究何損於大聖人之尊哉？略因記山而並及之。

校按：【一】某，原作"其"，據光緒《永平府志》改。

修建文殊庵記

山海石河西有禪院曰文殊庵，蓋僧明玉堅志苦行之所搆也。其初茅茨數椽，不蔽風雨，未幾易瓦舍，未幾成殿宇。由是增兩廊，增抱廈，增耳房，增韋馱殿暨山門，寒暑晝夜，梵語鐘聲，遂巍然一叢林云。改革之際，故宫古刹或涉榛莽，或淪邱墟，獨此屹立西郊，具瞻不墮。固神明實式憑哉？抑亦人之精誠有以維之也？

竊嘗因是而有感焉。我清朝定鼎燕京，救民水火。入關一戰，肇造鴻基。爾時石河以西三十里，僵屍數萬，庵之內外前後橫罹鋒鏑者數十百人。此地之不爲兵燹殘燬者，危僅一綫。今日之佛境，當年之戰場也。夫佛生西域，西方主殺，佛且以生人爲事，斯稱聖焉。昔人有言："善人爲邦，勝殘去殺。"宣尼韙之。誠以一念之善福利群生，一人之善覆被天下，協氣蒸濡，湛恩旁洽，嚚凌之氣漸化慈祥，理固有斷斷其不誣者。

且菩薩以文殊爲號，詎無謂耶？天道烈風雷雨不終朝，偃武修文，帝王之盛節也。在昔苗民逆命，舞干羽於兩階。毖殷頑民，惟周公克慎厥始，惟君陳克和厥中，惟畢公克成厥終。夫當唐虞成周之盛，豈不能秣馬礪兵，滅此朝食哉？顧出於潛移默轉，不憚迂闊以行之者，誠以文德之入人深，非若武功之可暫陳而不可以久恃也。知此則佛菩薩救世之旨，原與吾黨無異，夫固有彰明較著者矣。

庵基址及庵前地若干畝，皆余先伯父雲川公所施，以共本庵香火。迄今幾四十年，尚未一勒貞珉，用記顛末。僧老矣，於是求余爲文，併鐫諸捐施姓氏以示來者。邇來滇黔大定，海內一家，東西南朔，盡歸版圖。回視國初氣象，固已迥不相侔。惟願後之人念疇昔締造之艱，爲久安長治之計，俾禮樂聿興，干戈永戢，將天下享昇平之福，一方蒙樂利之庥，則此庵亦與常延不朽云爾。【一】

校按：【一】光緒《永平府志》卷四十一此文末署"康熙二年"。

首山二郎廟鐘架記

　　首山二郎廟，鄉人□□□□□□□□。廟旁有亭，南眺大海，北覽群峰，遊觀者稱勝地云。鐘榭歲久就圮，委鐘於地。某等捐貲，造石架懸鐘，永期不墮，因許生爾元求記于余。

　　余以首山者，榆關以北衆山首也。山不高，藉神以靈。黃昏將曉，鐘聲一振，近山村舍知晨知暮，且將□斯發深省焉，皆神之靈有以提撕而警覺之也。爰是因鐘記廟，因廟記山，取捐施姓名勒諸貞珉，以為好善之勸，誠不可以無記云。

山海石河西義塚記

　　嘗讀《月令》："孟春之月，掩骼埋胔。"王政也。夫王政行於上，澤及枯骨，其利溥矣。或有行之於下，以仰贊王政之所不及。在上好仁，在下好義，殆並行而不相悖者歟？

　　山海舊有義塚數處，大抵湫隘傾仄，歲久，丘墓稠疊，幾無餘地。邇有紳士商民輩彙金作會，施棺濟乏，積穀備荒，酌量多寡爲便民。事未已也，爰就西郊文殊庵右，用價購撫寧縣下地十五畝，益以本庵香火地五畝，擴爲一大義塚區，建坊豎碑，冀垂永久。因憶昔甲申王師入關與流寇戰，此地以西二三十里間凡殺數萬餘人，暴骨盈野，三年收之未盡也。值旱，約貧民拾骨，一擔給錢數十文。骨盡，竊取已葬之骸以繼之，覺而遂止。彼時但就坑塹，或掘地作坎以合掩之耳。然所殺間多脅從，及近鄉驅迫供芻糗之民,非盡寇盜也,故瘞埋之舉,上所不禁。況此纍纍者非羈旅之魂,則貧窶不能辦塋地之槥,孰非並生並育之儔?安忍聽其暴露抛棄而不亟爲之所哉?

蓋普天之下皆王土也,率土之濱皆王民也,以王土葬王民,即王政也。下之好義,要本於上之好仁。方今聖人在上,爲之下者相與培淳風、敦厚道,以爲祈天永命之助。故爲斯舉者,事出衆情而命禀當事,慎勿視爲愚賤之私惠,則庶幾進於道矣。惟是在會諸姓名爲不可泯,悉鐫碑陰,俾後來者有其考據,知所觀感焉。是爲記。

重修來公祠記

山海一關創自明初。至宣德年,特命職方郎秉筦鑰,專譏察,因而得預民事。於是關門乃多名宦云。

來公者,關門名宦也,居官端重嚴整。時稅璫高淮煽虐,厚幣餽遺,公盡却之,迎送宴集不與同事,至有害於民,則力爲解釋。淮畏公清鯁,不敢縱惡。任未久,卒於官。淮遂倚任爪牙,朘削傾剥無所不至。越數載,軍民不堪其毒,以激變去。百姓追思公德,爲建專祠於西郊奉祀,蓋有年矣。改革後,典守乏人,漸就圮敝。無知之屬徙餘材置他所,而委木像於龍王廟墻下風日中。適衛司篆王君遷秩行,余同諸鄉先生輩祖餞其地。見之,衆相憫惻,請諸當事,共謀捐貲鳩工,重修正廳三間於龍王殿後,以奉遺像。蓋取本廟住持香火之便,不致歲久復成虛曠也。

夫淮肆虐於民,年雖遠而猶有餘憾;公施德於民,代已隔而尚有餘慕。蒞斯土者,尚當戒其餘憾而法其餘慕,可乎?

公諱儼然,陝西三原人,由進士萬曆癸卯以兵部主事司關務。至於捐修姓氏，另列于石，以備將來之考據焉。謹記。

重修朝陽寺記

佛生西域，漢明帝時入中國，其教寖盛，深山窮谷中，靡不崇奉尊事之。夫深山窮谷，以之陳俎豆、設禮容，人皆駭而避之矣；以之演梵音、談內典，人皆習而安之矣。故舜深居深山之中，與木石居，與鹿豕遊，此時深山之野人，他日明堂之聖人也。當其在山，犖犖者、峙者、角者、喙者，相與淳淳悶悶、狉狉獉獉焉耳。意佛之宜於山也，亦若是乎？蓋山主靜，佛之修曰靜修，悟曰靜悟。人心靜不至於昏，世道靜不至於亂，凡天地間靜境即佛境也。

石門寨東北近一片石，地爲猪熊峪，有寺名朝陽。相傳唐宋以來古刹也，歲久就圮。順治庚子，僧性廣見而憫之，因募關內關外諸檀越，重修正殿五間，配殿六間，韋馱殿、山門各一間。中奉毗羅佛一尊，配以文殊、普賢兩大士，氣勢巍峨，規模閎整，居然深山中一禪林也。參領朱公索余言一記其勝。

嘗論佛稱聖西方，亦自修自悟耳，何與於人？而奉之者衆，惟其能福人也。抑知佛之福人由於自福，其自福也，曰靜而已矣。《易》曰："吉凶悔吝生乎動。"人生日用，何能廢動？要惟動本諸靜，而動斯吉焉。佛能錫人以福，豈能假人以靜耶？苟人能師佛之靜，福已隨之，是即佛之福之矣。諸葛武侯有言曰："學須靜也，才須學也。"惟淡泊足以明志，惟寧靜足以致遠。不然，龐雜震撼感於中，膠擾糾紛縈於外，欲以幾佛之福，不亦難乎？是人之奉佛，佛之依山，惟其靜也。

靜之一言，以之誌山，以之詮佛，併以告天下之悉心佞佛者。是爲記。

重修關帝廟碑記

嘗謂關聖之生於漢,猶孔聖之生於周也。周尚文,於其季也生孔夫子焉,以斯文爲萬世祖。東漢尚節義,於其季也生關夫子焉,以節義爲百代宗。

或疑孔子生民未有之聖也,儗以關聖,果其倫乎? 夫孔子嘗言之矣,知廉勇藝而文之以禮樂,可以爲成人,人之成於文者也。見利思義,見危授命,久要不忘平生之言,亦可以爲成人,人之不必成於文者也。清可聖,任可聖,和可聖,安在節義之不可聖哉? 故曰關聖之生於漢,猶孔聖之生於周也。當其桃園盟後,始終與昭烈、桓侯相周旋。其間明燭達旦,懸印封金,種種心事如青天白日,磊落光明,卓越一時,照耀千古。歷唐宋元明以來,人無智愚咸瞻仰之。大節所在,即大義所在。故其爲神也,殄暴鋤兇,拯災恤困,威靈所攝,扶維名教於不墜,不獨武夫健將尊之爲宗主,即文人墨士莫不奉之爲儀型也。

山海舊爲用武區,關城內外立祠奉祀者殆十餘所。惟西羅城白橋西一祠,創建已久,香火特盛。昔嘗從吾鄉親友,有公事聚議其中。及登仕版,迨謝病歸,以其地近市,足跡遂罕至焉。邇庠生某某、鋪户某某等相與糾衆捐貨,舉舊宇而聿新之。事將竣,求記于余。凡祠內殿垣亭榭、門廡樓坊,頹者整,壞者葺,剝落者潤飾,無煩一一詳贅。特爲表關聖之節義彪炳人寰者,直足接尼山之派,爲後世文武士臣之楷模。請於孟書稱聖清、任、和之例,僭擬一語曰:關夫子聖之節義者也。遊於斯者採其説,庶幾不以余言爲謬乎? 是爲記。

重修山海衛城隍廟正殿碑記

夫城隍之神，因城而設者也。有城因有神，所以顯壯金湯而陰司保障者于是焉在，其所係顧不鉅哉？

山海一城古稱臨渝，又稱榆關，其後寖廢。至明徐中山王創衛立關，始名山海，蓋因元遷民鎮而建此城也。自茲以後，遂爲畿東重地，薊遼咽喉借此一綫以通之。本朝盛京在東，燕京在西，兩都孔道允繫於斯，視昔尤爲要區矣。城創三百有餘年，屢經兵警，從無攻克之虞。革命時，□□□【一】據關拒寇，接戰石河之西，相持竟日。夜王師適至，直抵西郊，一舉而殄滅之，此城居然無恙也。雖云天命有在，事會適然，安知非城隍之神有以潛扶而默佑之也哉？然神曰城隍，府州縣在在有之，前代多加以公侯之號，明初一切除去，但以本號相稱。昭代因之，不欲以人世爵秩褻誣神明耳。

廟久，殿宇就圮，信官白尚信等糾衆捐貲，爲聿新計。重修正殿三間，抱廈三間，巍峨璀璨，較曩規倍增壯麗。藉以妥神，即資以福民，洵盛舉也。工竣，求余一記其蹟。余謂凡民有不畏名教猶知畏功令者，抑或有不畏功令，猶知畏神明者。神所以綱維名教而輔翼功令者也，知畏神明，功令、名教尚得由此以推致之。聖人神道設教，豈無謂耶？況城隍之神至切且近，一方冥庇實式憑之，非垺於高遠幽微之不可知者，固知共成斯舉者之不容已也。

或疑山海籍屬衛，城隍之神宜屬衛，權固有尊於衛者，神之靈不虞有制乎？不知神不貴尊而貴專。夫惟上帝有專責，而神自具有靈爽。蒞斯土者，果能推誠布公，盡人事以感神明，立見神功之昭應矣。

余爲是説以記之，載取捐修姓氏勒諸碑陰，以爲向善者之勸云。

校按：【一】此處四字挖去，乾隆《臨榆縣志》補作"兩鎮官兵"。

引

癸巳冬勸米煮粥引

連年水溢，百姓流離。榆關一隅，饑民四集。關廳白公奉上文行賑，憫然深念，捐俸易米若干，煮粥以濟。又慮弗繼，爰合紳衿父老而進商之。其仁民至意，見諸動色相告中。

我輩讀聖賢書，稔聞萬物一體之訓。當此凍餒滿目，啼號盈耳，猶退然爲一身一家謀，亦近於不仁矣。況人安我安，一方不安，止圖一己安，豈惟不仁，抑復不智。我輩先相約殫力各捐若干，以爲士庶倡，匪徒成人美，實以愜己心也。

但關門愧無巨力鄉紳，又鮮素封富户，恐米少人衆，終非久計實著。敬遵白公之意，遍告吾鄉遠近親友暨善士良民，同推此心，各輸己力。自一斗至數石以及數十百石，每米一斗加乾柴二束，隨願廣施。多者給匾旌表，最多者申部題敘。又或有心餘力歉，雖升合亦見肫誠。所謂聚少成多，衆擎易舉耳。

竊聞放龜隨獲善應，渡蟻立登顯榮。人於萬物，最靈最貴。救物命猶有報，況人命？救一命猶有報，況多命乎？每見修寺建塔，塑像粧金，緇流羽衣，一呼群應。豈知聖賢佛菩薩之心，皆願救民，弗暇自奉。曲意媚神，未必邀福。留心濟物，神且默祐之。可勿勖哉！謹告。

興文彙書引

不肖某備員春秋兩曹，凡五載。幸荷温綸，准以原官致仕，養疾於家，又三年矣。一日，榆庠領袖士某某叩門造榻而前請焉。六生者，皆余弱冠以來窗社友也，其言曰："子知今日學宫之狀乎？由櫺星門達聖殿、兩廡，以暨各宫祠亭閣，漸就缺欹，而奎樓為甚，見者愴然。子昔游吾庠，與我輩共筆硯，朝夕習禮肄業於斯，一旦先我而升太學、登賢書，且魁南宫也。此發軔地也，今若此，豈子獨無意乎？"

余蹴然而起，曰："吾愧矣。將竭貲以濟焉，傷哉貧也。將竭力以趨焉，僕病未能也。吾愧矣。"六生曰："非是之謂也。別駕楊公，樂只君子也，愛民好士，雅意作人，目兹榱桷頹然，欲捐俸以為首倡，方慮工浩而資不副也。我輩禀命學博徐先生，將謀為廣募之策。上自宦僚之有事於兹土者，以次及紳衿而逮於農商工賈，凡慕義之人，協力贊成之。借子一言以弁簡端。"

余又愀然曰："聖人之道，炳如日星。吾儒之學道者，彬彬焉，濟濟焉，奈何效緇流羽衣輩，作沿門持鉢態也？"既而思之，復翻然曰："無傷也。夫庠序以明倫也，為之列宫墻、陳俎豆、鍾鼓以宣之，師儒以董之，以彰教也。夫與二三子明之，何如與數十百人明之？合吾黨之士彰之，何如合各家衆流之士彰之乎？今有位勿限文武，無位不擇士民，同在五倫之内，均屬聖人之徒。俾其各凛聖人之尊，共仰聖道之大，視緇流羽衣輩不啻霄壤矣。"

六生曰："懿哉此言！可奉此復徐先生以達我楊公，用徧告夫諸有意於興文之義者。"

重修廣嗣庵正殿引

白衣大士在佛門司廣嗣之福。佛以無欲稱尊,而爲人司廣嗣之福,何也?所以廣爲善之路也。假令善人乏嗣,何貴爲善令?求嗣者不敦善行以先之,佛亦豈肯福之哉?故曰廣嗣所以廣爲善之路也。

山海西關廂白衣庵,建自明神宗初,歲久頹圮。僧某有意爲聿新計,跋涉萬里,未遂厥願。兹欲先將正殿補葺完固,以俟因緣之所會而漸底乃續焉。倘有意出貲贊成盛舉者,請注尊銜名于册。

重修三清觀九天殿引

癸卯秋,道官張守正告余曰:"本觀九天殿邇被雨頹,請書疏引爲重修計。"余訝曰:"九天尊神,雷雨素所禀命。一旦敢頹其殿,不亦異乎?"正曰:"此非雷雨之愆也。殿久未修,因雷雨以敗之耳。"

余慨然曰:"天下事之貴修也,有如是哉!"夫修事不如修意,修文不如修德。修之至,頑梗可化,豚魚可格。一不修,敵兆舟中矣。然則殿爲神設,修之在人意者,神修猶有未盡耶?蓋神之自修審矣,人之修此殿也,凡以爲教人地耳。神往來於兩間二氣中,杳不可測,爲此殿以崇奉之,然後人知有神,以共神其教。於是乎風雨露雷,瞻神宇而加凛焉。修則神,一不修,雖有神弗知畏戒,此重修之舉之不容已也。

但功非卒就,事須衆成,是在有心者之加意於斯矣。是爲引。

增修地藏庵十王殿兩司疏引

夫十王地獄之説，起於佛教入中國後。近又有見報、速報二司，其説不一，總之勸人爲善，以警人之爲不善耳。

嘗考唐虞稽古，建官惟百，夏商官倍，周官三百六十。世益下，事益繁，官益多。陽官如此，陰曹可知。然則十王兩司之説，未可概疑其誣也。但神以不見聞爲盛。《詩》曰："神之格思，不可度思，矧可斁思。"蓋可見聞者易飾，不可見聞者難防。故人有逢大賓起敬，對廣衆加虔，至暗室屋漏，鮮不生怠而恣侮。愓之以神，能毋悚乎？雖然，此猶爲智者言也。下此者見像作福，無所見聞，告之以神，而惘然其心，曰："世之稱神者妄耳，誰見所謂神者？何在乎？"爲之崇其殿宇，盛其儀容，且列其威靈顯赫狀，未有不目覩情怵、躬承意動者矣。

山海西羅城舊有地藏庵，正殿中奉大士，左右列十王拱立像。議者謂非所以妥神明、肅瞻仰也，謀建配殿十間，塑十土訊獄像，又建見報、速報司二間，並塑神像。尊十王、兩司，益以尊地藏也。著陰曹地獄之靈，即以助陽官也。

是舉也，居人士某等首其事，主僧某命其徒抱簿從之。有能悉心喜捨，樂成其事者，希書尊銜名於左。

重修文廟西廡疏引

竊惟聖人之道賴先賢以傳之，聖賢之傳賴先儒以明之。是先賢、先儒皆聖道之羽翼而聖門之功臣也，所以春秋祀事得與至聖先師並享血食，夫豈誣哉？

山海文廟創建蓋已有年，而修葺亦幾更番矣。近西廡忽就傾圮，椽檁毀折，磚瓦覆地。管關別駕陳公見而傷之，亟欲整頓。又慮貲不敷用，遂捐俸若干以爲首倡，欲與見任文武諸公以及紳衿商民，同心合力，共成盛舉。不獨一方文治攸關，所借崇聖賢之道、培儒先之風，以明人倫，以敦教化，於是乎在，其所裨益豈淺鮮哉？是爲引。

重修文昌閣併鐘鼓二榭引

山海鐘鼓樓居鎮城中，奉文昌帝君像，其來舊矣。久缺修葺，几案損虧，臺榭傾圮，廟貌不飭，因而鐘鼓爲之不明，非所以妥神明，併非所以悚觀聽也。於是闔城士民具陳官府，糾衆捐貲，爲聿新計。由是仰藉神庥，文風丕振，至於晨昏啟閉，肅然確有所遵示焉，其裨益一方匪淺鮮矣。望高明同志者共留意云。

説

李五兄字説

李五兄者，余姨母子也。世居戴家河，年近五旬，未以字行，親識來問於余。

嘗考《周禮·夏官》："司爟掌行火之政令。四時變國火，以救時疾。"

《鄒子》曰:"春取榆柳之火。"蓋古人順時改火,以達其氣,誠調燮陰陽之一大機也。吾兄名榆,其字之以"春明"可乎?

夫五行之令,木生火。當春木盛,而又值生育之時。吾兄高堂二親壽而康,兄弟五人交相友愛,固已椿萱並茂、棠棣聯輝矣。由是而桂子蕃生,蘭孫繼秀,遞榮遞衍,瓜瓞綿綿,此余以春明字吾兄之至願也哉!

抑有説焉。火以離明爲用,尚温和而戒燥烈,取其有烹飪之功,不貴其有燎原之焰。果其恂恂自好,卑躬愛物,隨其力之所至,行利濟之事,則行與名稱矣。倘其悻悻自負,高己凌人,恣其氣之所騁,起閭里之嫌,則行與名悖矣。吾兄慷慨有俠士風,然敦厚周慎,承之以謙,凡親識率敬而慕之。吾知其名行之有以相副也,聊爲是説以贈之。

許子文字説

端木氏曰:"夫子之文章,可得而聞也。"紫陽訓威儀文辭。宣尼贊堯曰:"焕乎其有文章。"紫陽訓禮樂法度。文章因上下有異乎?迺孔曰斯文,言文不言章;孟曰成章,言章不言文。要之文則未有不章,章則未有不本乎文者也。

許君名弘章,余字之曰子文。夫文豈易言耶?《賁》象有之曰:"觀乎天文以察時變,觀乎人文以化成天下。"文之道大矣哉。在天爲日月星辰,在地爲山川草木;在上禮樂法度,在下威儀文辭。無在非文,則亦無在非章耳。子思子之作《中庸》也,曰"不見而章",又曰"闇然而日章"。若是乎文之貴内斂,不貴外炫也!

則文非浮華,郁郁乎,彬彬乎,經天緯地於焉賴之。許君勉乎哉。

詹子光、子明字説

吾鄉詹氏多達人。尚書公之孫爲太守公,太守公之孫有曰昱、曰泉者,求字於余。

嘗考字訓:昱,日光也。其字以"子光"可乎?積厚流光,然而光大前人之義在其中矣。又考泉,通也,明也,舒也。通犯祖諱,字之以舒,不若字之以明也。學問由明而入,惟明斯誠,善惡之衡,邪正之界,非瞀瞀可與從事。吾願子明從其所明,勿從其所暗也。

《詩》曰:"學有緝熙於光明。"子光乎,子明乎,可或無念爾祖乎!

趙鼎公、華公字説

關門趙氏,望族也。先代世胄舊家,邇來敦厲詩書,雍容禮樂,蜚英鸞序者凡八九人,咸磨礪有志於科名。幼而業儒者尚繩繩也,其曰三元、曰三祝者從吾遊,而問所以字之。

夫三元取解、會、狀爲三榜首,三鼎象也,且狀元稱鼎元。一甲三名爲鼎甲,故其首稱鼎元。即字之以"鼎公"可乎?然調和鼎鼐,三公任也。必平生志不在溫飽,斯於鼎元無忝焉。字之以鼎,吾猶望其自愛厥鼎矣。三祝者,華封人遺事也。富壽多男之慶,聖人猶不敢當。要在有以處之,有以處之,則富壽與華峰增高,多男與華嶽比重矣。字曰"華公",非獨取其兼是福,更取其所以享是福者耳。至於異日膺華膴之榮,與清華之選,率由斯自致之。鼎公、華公,尚其顧名思義,圖所以自勖也哉!

余因字爲之説，諸親友即取之以爲贈。

觀奕説

余曩由秋署調春曹，值國初政簡局閒，同舍郎往往以奕爲戲。儀郎張坤庵在縉紳中號國手，與祠郎郭翔南奕，張讓郭八子。余不能奕，粗諳其路，旁觀。見郭貪殺輒北，固其域，勝負共之，當局者不覺也。余告郭以其故，此後兩人奕，遞減讓至二子，相敵矣。

夫以不能奕之余，豈顧識勝於郭哉？惟當局則易眩，旁觀得失弗係於心，故易晰也。郭之材遜於張，貪取則愈疏，張因得反襲之。守其所讓，殫思竭慮，自爲結搆，結搆密則所據之地已裕矣，從而稍益則勝矣。即不然，亦不致大虧矣。此所以初輒北而卒至相敵耳，由是知貪之爲害大矣哉。

夫貪不思固其所應有而奢望於外，卒之在外者不可得，並應有者而失之。當其望外之時，則其心已不固矣。此所以愈貪愈不足，愈不足而終不悟也。凡持身之道，貴知足。而居室之道，尤貴知足。以爲足，則不足亦足矣；以爲不足，則有餘猶見不足也。彼不足者之視人之自以爲足，而以爲真有餘也。甚且羨其有餘，幾垂涎焉，不亦異乎？

雖然，此特道其常耳。方余之觀奕也，時或有事，姑去之。比還，則其局已不侔矣。勝者倏負，負者倏勝，勝負未定者已定勝負，將定者又或變而莫定焉。乃知天下事亦若是而已矣。由前而觀，守其在我者也；由後而觀，聽其在天者也。今人不思守其在我者，而妄冀其在天者。在天者究不可必，而徒攢眉蹙額，欲幾片刻之歡不可得，卒至於大蠹而不知返。可勝悲乎！

張顯吾旌匾説

張顯吾,善士也,名自明。爲人謹厚淳朴,久居關門貿易,往來兩京間,人咸愛重之。時覩三官廟鐘鼓樓傾圮,獨捐己貲,修建一新,所以昭神威而竦觀聽者於是爲在。

《詩》曰:"赫赫厥聲,濯濯厥靈。"彰神明之聲靈,即以壯國家之聲靈也。諸親友共嘉斯舉,特作"義助聲靈"四字以贈之,而併爲之説。

傳

王太孺人傳 併贊

王太孺人者,撫寧王公調元之母也。年十五歸王太公諱堯相,恪執婦道,佐君子韰聲黌序間。

無何,太公以疾卒,太孺人甫念二齡耳。一子僅週歲,即王公也。于是日夜伏總幃,哭不絶聲,矢以身徇。親戚止之不已,父母止之不已,其舅諭之曰:"婦從夫是已,如此呱呱者何?與其死節,曷若存孤?倘撫此襁褓兒得成立,俾大吾宗,不尤愈徒相從於地下乎?"由是始進匕箸,事鞠育矣。

舅尋卒,家遂落。一切洴澼丼臼之事,拮据不遺餘力。及析爨,獨與姑陳相依。姑病痿,飲食起居,問視扶掖,率以爲常。鄉族稱其孝,罔間言。子就塾習句讀,生業蕭條,茹貧食淡,艱苦萬狀。每丙夜,頹壁寒燈,母織子誦,形影相弔。而節愈堅,行愈勵,躬親操作無倦容。迨子應童子試,督學拔置前茅,名譽噪鄉閭,太孺人始稍慰,曰:"兒能讀父書矣。勉之,宜究其所未竟也。"王公遵母訓,彌自奮,每試輒居高等。戊午領鄉薦,歸拜庭下,太孺人爲一開顔曰:"余可見而父於九泉矣。"喜繼以悲,母子俱泣數行下。嗣是直指劉公思誨以節聞,允建坊表里門云。

歲庚午,撫寧有兵警,王公日夜預行,間贊防禦策。一切宴將犒軍、糗糒捍衛之具,太孺人督諸僕婢辦於家,不給則捐簪珥以濟之。其處事見大類如此。及令朐,迎養至署,每教以廉律身、慈撫衆、忠報國三事。王公令朐而得循聲,太孺人有以啟之也。未幾調滕,而太孺人歸。公尋以戆直忤當事,抵里伏謁,太孺人慰之曰:"兒以一週孤致有今日,諸孫羅列,孫女若而人,甥若而人。天之鑒厥苦而申爾錫,不可謂不厚也。官休矣,宦海風波藉是得息,又何怏怏爲?"歷一歲,太孺人終,享壽七十八。

潛滄子曰:王太孺人撫週歲遺孤,勵節五十七年。初遊庠,繼鄉薦,繼宰邑,而諸孫濟濟,福澤未艾焉。當其始,煢煢孀孤,危懸一綫,豈計其終成就乃爾耶?母貞子孝,欝久獲通,彼蒼報施,昭然靡爽。在人亦惟有盡人事耳,人事盡,天道因之。人顧憚勤苦而希捷效,或慕繁盛而寡弱是忽,誤矣。吾于王太孺人而天之不負苦節、不負善人,由茲益信也夫!由茲益信也夫!

曹捷音傳

曹捷音者,余友也。遷安人,世居山海,名時敏,捷音其表字也。其先人諱大成,爲邑庠名士,蚤逝。曹君方成童,祖撫之,延師劉敷五先生以寬,授以《春秋》。性聰穎,資力過人,然尚氣少許可,志每欲居同儕上,人以此憚之。遊庠冠多士,遂食餼,文名重一時。

余少君六歲,居相近。且其師爲吾師馮虞庭先生甥,兩塾相望,漸相親。君乃捨其窗友,與余訂交,因皆以同窗稱。數數往來,每相見,談輒竟日,或論時藝,或説史,或窮經,或衡人品、剖庶事,娓娓不倦,不覺其言之長也。嘗自言志,幼曾見父謁縣侯,禮遇殷厚,體統尊優,他日仕必自縣侯始。時東郡科目寥寥,君又不欲以明經起家,問于余,余曰:"爵無論隆卑,要當由甲榜以進。"于是相視而笑。嗣是,有吕泠之名燦如者,結社曰"青雲",招同入社。一時遇試,冠軍前茅大抵皆青雲社友云。

君評文精于藻鑑。甲戌歲試,遍閲諸友作,決余文壓卷,既而果然。辛巳決同社友程我生名觀頤卷爲首,卒亦不出所料。諸友推服,洵非偶然。明季多事,糾鄉勇,措餉饋,在在與余同事,明智善斷,借益良多焉。甲申遭寇變,□□□【一】舉義關門,相與誓師歃血,畫軍資,犒戰士,出關迎王駕於歡喜嶺。事平録功,君以諸生授鄉寧令,未任,辭以疾。無何,邑爲寇陷,人羨先見。

丁亥,余倖叨一第,君亦起補靈璧。靈璧素衝疲,君莅任,材足濟時,威能服衆,民賴以安。聽斷英決,綽有神君之譽。應過往滿洲官役,事勢匆卒,咄嗟立辦,咸稱曰能。招商益課,鹽引日增,邑民便之。居五載,以忤上官解任。歸時余適以病免,比抵家,先後僅隔念餘日耳。由是復往來如未仕時,花朝月夕,杯酒相徇,眺海登山,攜榼與共,如是者又十餘年。君染病,經年告終,享壽六十有三。四子,一後君月餘卒。

大要君之爲人也,蚤失怙,事母以孝聞。祖諱繡,曾爲河南司獄,壽近百齡,奉養祭葬悉如禮。待人應物有意氣,饒權略,不甘爲人所欺,惜未竟厥用。晚年欝欝不得意,形諸煩躁。余諍之,屢見從。生平無多所與,惟於余始終全交誼。特爲作傳以表之,以彰友道于勿替云。

校按:【一】此處三字挖去。

贊

幻居上人繪像贊 有序

余昔己卯叨鄉薦，寓貢院側地藏庵，與幻居上人相與善。庚辰公車至，仍其寓，接遇益洽，別來屈指十三年矣。時代滄桑，每入都，尋訪舊基，無從問識。近余守官郎署，五載於茲，上人儼然造焉。蓋居城西之松林，相距堇十里許，而曾未之知，余之漏也。林縣尹李君慕上人義，爲作繪像，余爲之贊。贊曰：

其貌古，其心醇。稚齡出世，於今八旬。詮證菩提之路，悟通般若之真。當年面壁於斯衍其薪。

隆寰周窗兄繪像贊

君之貌，望之儼然。君之儀，瞻之偉然。少敦儒業，長預戎權。鼇鼇乎嫻七經之豹略，桓桓乎仗三尺之龍泉。顧斂兜鍪之色，而習雅令之周旋。燕服握筆，逸致翩翩。欹歟寫君之像兮，厥神載焉以俱傳。

呼化宇像贊

圖君之形，寫君之神。君籍汾水，榆關來賓。賦性敦謹，飲人以醇。

居近吾室,芝蘭可親。世情尚僞,君葆其真。

治宇劉内兄遺像贊

　　少勤詩書,譽茂膠庠。長游清鄭,洗腆高堂。友于諸弟,家聲載揚。溫懿敦謹,賦質維良。誕育雙桂,媲秀偕芳。壎篪迭奏,奕葉重光。貤封有待,壽考不忘。拜瞻遺像,跂慕徬徨。

澤宇劉内兄遺像贊

　　起家儒風,功在社稷。王師東臨,迎駕開國。筮仕馬邑,政和民息。既升忽沉,幕藩服職。繼宰東流,章銅綬墨。一朝解組,寄跡江域。有子可教,有田可穡。爰歸故鄉,遺容是識。

北樓劉内表兄遺像贊

　　生平醇謹,翼翼小心。勤勞服賈,慮遠思深。注神三畏,留意四箴。家無長物,囊鮮遺金。子情耿耿,孫枝森森。丰容如在,瞻佇儼臨。

卷　四

榆關佘一元占一著

墓誌銘

清順德府學教授劉松喬先生暨配王孺人合葬墓誌銘

嗚呼，余竟從而誌翁耶！翁，余外父族弟也。余弱冠時，翁見余文而奇之，爾時遽以大業相期，固姻戚而師友之矣。距今三十年，余竟從而誌翁耶！

翁先世河南儀封人，明初以醫從戎山海，遂家焉。藝聞於朝，俾世其業。傳四世，生鑑，爲翁曾大父，應衛明經，授鴻臚寺序班。鑑生汝禎，翁大父也，亦以明經授廬州府照磨，後以子貴，贈奉政大夫、工部虞衡清吏司郎中。禎子四人，長復禮，以明嘉靖壬子領鄉薦，官至太僕寺少卿。次復初，次復言，次復道。復言生翁，生而穎敏，囧卿公愛而教之，嘗語人曰："續予鉢者，此子也。"髫年赴試，輒見重於有司。未幾游庠，又未幾食餼，屢試優等，文名最一時。每科與棘闈之選，不見售，而名益著。爲古文詞，數見賞於當道，求代稿，終弗以私干，當道益重之。幼時父與伯兄析爨，贊之讓，以成父德，所謂文行兼隆者乎！以《戴記》授弟子，及門成材者四十餘人，榆關近年科第多出其裔派焉。

伯父罔卿公歷任宦蹟最盛，善政縷縷，載家乘及衛誌中。以未與宮牆之祀，翁念之，究副厥志。夫表章前烈，繼述之恒，獨其輿情允孚，鄉評協暢，積久而論彌定。見翁之成於公議，非遂私悰也。至廣應試之額，增入泮之數，翁爲諸生，固嘗以名教爲己任矣。

需次貢春官，司訓任丘。值多事，嘗以秘謀贊軍機。歲試舉優遺劣，以培厚道，是足多已。逾數年，遷霸州學正。當亂後，學宮傾圮，翁極力修葺之。前此學印未給，翁陳於部，如其請。生平殫精曲臺，在霸時輯庭訓一編，授其子兼廣其傳。其有功後進，抑何偉歟！嗣是陞順德府教授，隨在誨迪，勤勤不爲苟祿。若翁者，庶不愧人師矣。翁性梗介不妄求，雖膺獎薦，而自律以嚴。量移嵊縣丞，未抵任，以老疾致政歸。歸而課子訓孫，暇時惟手一編，自娛而已。

翁諱延齡，字景仁，別號松喬先生，生於明萬曆壬午十一月初十日，卒於清順治丁酉二月初三日，蓋壽七十有六云。王孺人者，撫寧王給諫公從姪女也。幼適翁，事舅及繼姑以孝聞，相翁能以靜相成。茹素好善，儉持家，慈撫下，實與翁有同德焉。生卒皆同翁歲，以十月二十九日先翁十日生，三月二十日後翁四十七日卒。自昔稱偕老，若翁與孺人亦奇矣哉！生一子名允元，衛學生員，有材名，克紹翁志。女一，適鄭印。孫二，長鼎鉉，次鼎鼐，俱業儒。孫女一，適譚從恕，乃舉人訥之孫，坊之曾孫，皆翁先世所親厚而教誨之者也。將於某月某日合葬於先塋之側，是爲銘。銘曰：

活人醫籌，治人宦猷。載振斯鐸，襄化薪樵。於赫前烈，俎豆千秋。傳經啟後，郵播方州。存沒與偕，爰得其述。佳城鬱鬱，永綿厥祜。

清故前一品夫人朱太母諸氏墓誌銘

昔太保海峰朱公鎮山海，厥嗣鄧林公以職方典關，陞郡司臬，孫明長君嘗爲山海路副帥，功德在人三世矣。余自儀曹致政歸，時鄧林公僑寓石門，相去四十里，每春暮秋抄共遊西北一帶山水間，志相孚也。今公將舉其母諸太夫人柩合葬太保公墓，命弟手行狀造余廬請誌焉。

按狀，太夫人諸公諱康侯之女也，生而貞靜端嚴，謙謹勤儉，不妄言笑，年十四歸太保公。公自從戎歷登大帥，行蹟嘗在戎馬間，家政一惟太夫人董之，且理征衣、備餱橐，不憚勞瘁。居恒進規，謂大將專生殺，常以陰騭爲念，祈諭部下勿殺降，無戕回鄉百姓，切以殺良冒功爲厲禁，諄懇數四。壬戌，廣寧失守，遼民西徙，亡匿錦義山中，動以萬計。太保公偵知，下令末將張韜、王守志等統兵率夙款蒙古朗素、貴英輩，接濟難民賈得勝等男婦萬二千五百餘名口，安撫前屯棄城內，歡聲震地，未幾成重鎮。復諭所款貴英、刁兒計諸部，護歸被難劉世功等男婦四百七十五名口。更援覺華島難民邴化連等七百餘名口，歸安鄉土。且從撫賞市口節次贖回難民，每以千百計。凡此全活衆命，固太保公仁勇所爲，實由太夫人疇昔警弼有以啟之也。

生平自奉甘淡素，冠帔公服外不御紈帛，即布練數浣不遂棄，拮据家務無懈時。舅嬸畣喪，處姒輩兒盡娣道；伯仲捐舘，撫甥姪儼同母儀。切婚嫁、生業、樓舍類，殫慮經營，罕遺漏。賙卹戚黨，疏遠罔間。其於父母先塋，露零霜隕，不廢祭埽。念乏嗣故，以女代子職耳。諸子若孫生長，翩翩裘馬。中值公馳驅王事，庭訓久疏，孰非太夫人鞠育教誨，母兼父責併兼師責，率俾安耕讀，志忠孝，入仕不苟，臨難不奪也哉！

季子庶母丘出，失怙後畣沾慈惠。丘沒，太夫人恤之篤，哭之慟。嘆執事備松櫬，含淚檢笥，出重貨購柏易之。撫其子不啻己出，養教腜摯，愈久弗替。人世賢嫡母不妬足矣，安有周旋曲至若此者耶？

甲申春，值寇變，仲子方迎養北平公署。聞變，揆子、臣分勢難兼盡，太夫人勵以忠義，曰：「汝爲人臣，當盡節，勿以我故萌二心。我宜先汝死國難，不汝累也。"仲子伏地流涕，悚惕不敢言。諸親族進慰之曰："陵母雖賢，不可爲訓。絕裾事豈人子所忍出乎？"於是仲子決意祝髮被緇，居海上以安母心。繼率家衆駐先壠伺隙。會寇兵襲關，別隊由一片石出，猝至，遇仲子，轉戰抵關門，入東羅城，見母白所以。母諭之曰："報仇雪憤，汝志也。寇氛相迫，誓不俱生。今□□□【一】對壘城西，盍往助之？"乃悉糾弟姪親丁合營，相持竟日。夜，適王師來援，一朝掃蕩，無容置力矣。仲子仍奉母歸山，菽水承歡者十有七載如一日。母春秋雖高，體常健，髮烏顏赭，全不戀疇昔繁華，反若安今日依侍，適愜天倫也。嗟乎！母勉子忠，子奉母孝，不居功，不慕榮，融融洩洩，知命樂天，孰有賢於太夫人者哉？

自太保公卒，稱未亡人垂二十五年。中遭喪伯子，夭叔兒，殤長孫，冢婦、長女相繼淪没，哭幾喪明。至是，疾發不起，遺言曰："兒輩清慎立身，溫和啟後，無墮爾父家聲。"言訖逝矣。初同太保公受封一品夫人，再封如之，後以子貴，進階一品太夫人，再進、三進俱如之。男四女一。女適山海衛庠生馬一駿第三子應泰。男伯國柱，襲廕前屯衛指揮僉事，歷任副總兵官，領鐵騎中協，援宣大死忠，贈都督僉事，賜祭葬。有子運亨，即明長君，以應襲中癸酉武舉，歷任副總兵、都督僉事，以母喪號哭二月，滅性終。生子二，長文胤，襲廕，蚤世，有子崇惇，爲高祖母承重；次文徽，廕監，有子崇悍。仲國梓，即鄧林公，由文階歷任永平兵備道，山居終養。生子運新，蚤卒，餘俱幼殤。女四，一字山海衛庠生劉允元第三子，餘俱未字。叔國楨，廕襲錦衣衛指揮使，給假葬父，廬墓死孝。女一，適陝西苑馬寺卿蔣三捷長子之荼。男一運芳，補遼庠廩生，有子二，長文質，次福德。季國標，庶出，補遼庠廩生，子一瑚璉中殤，女四俱未字。

太夫人生於明萬曆乙亥十一月三十日寅時，卒於清順治庚子正月二十八日巳時，享年八十六。於太保公卒之第五年己卯正月二十四日午時，欽賜造葬於中前所西北萬松山之陽。兹太夫人卜於今上乙巳年八月十二日酉時合葬其壙。銘曰：

母慈兼嚴，閨闈丈夫。克相夫子，全活逋俘。貴無驕態，勞贊軍需。甘淡惜福，鞠育勤劬。恤孤濟困，歷久靡殊。一門忠孝，閭里咸孚。子遵母訓，大節不渝。歡安菽水，景慰桑榆。遺言諄篤，貽謀遠圖。同穴太保，芳踪永敷。

校按：【一】此處三字挖去。

清穆母劉太安人墓誌銘

嗟乎，余於是誌穆母太安人矣！太翁之卒也，余叔岳劉松喬先生誌之也。越三十三年，母告殂，厥嗣漢沖、漸磐二君手行狀泣請誌於余。余於漢沖兄天池、弟漸磐昔同社，漢沖子介公又與吾兒同社，迨賓日會試共年譜，余於穆氏蓋世交兼年誼者也。

夫穆氏世積德，為閥門詩禮舊家。按狀，太安人乃處士劉公諱愔女，公即松喬先生族兄也。母生而淑慧，嫻家訓，知大義。于歸後相敬相承，善事舅姑，務得其歡。處娣姒以和，御下寬，教子嚴。生子四人，佐先君子繩以義方，俾各有所成。厥舅中庵公承先世遺業，以其子伯、仲總家政，典積貯，叔與太翁協心下帷。母以勤儉佐翁讀，不間寒暑。勵志過銳，搆一疾，幾不救，母為左右調護，久而獲痊。及長君天池售秋闈，翁仍攻苦弗輟。母勸其少休節勞，於是以明經就獻庠博。逾二載，聞母訃來奔，哀毀跋涉，行至豐潤，疾發卒。是時，長君、仲君皆家居，相從者兩少子耳，棺衾含殮，悉母拮据無缺事。扶櫬歸，遵翁治命，以庶媵高氏還於其父云。夫始護其疾，繼治其喪，卒成其命，是以妻道兼子職。諸孤成者半，未成者半，又以母責代父任矣。

季子最幼，攜同居。及食指漸繁，力不能給，始移就仲君所。仲君子介公舉孝廉，屢困公車，母以家貧年暮命之仕，遂遵命就博滑庠。先是，仲君已蒙恩擢選元矣，至是謁選銓曹，得同知廬之無爲州，母就養叔子所。仲君抵任未浹歲，值海寇變，無爲失守，守臣誣報，卸禍仲君，例羈家口於京師。母及子若孫輩近二十口，倉遽就逮，闔城親識驚駭泣送。母惟安命順受，無戚容，無怨言，以先人積善，當得還轅爲解。嗣是，介公自滑賫表至京，以無爲家報面呈太母，具陳誣枉狀，且告以事將白。母喟然曰："禍福誠不可必，所患者身名俱殞耳。信如此，夫復何憾？"既而得昭雪歸。夫以耄年媼遭變意外，頻危履險，間關千里，猶不衡禍福衡名義，不亦偉丈夫之所難哉？獨是穆氏世德重以太安人之賢而忽罹此變也，雖經昭雪，所遭亦大爲不幸矣。但彼時闔家被逮，獨留一孫，猶履任滑庠以接濟，南北二所賴此獲全，天之曲祐善人，又不可謂不周矣。與其曲祐之，何若竟免之？蓋善人之不免傾危者，天氣無如何也。乃善人之究膺遐福者，天意終有在也。觀此善人爲善不可不堅乃心、決乃志，愼勿以偶蹶而輒生退轉也哉。

仲君事平，旋自南寓家口於滑，省母於家。母見而太息曰："與爾同蒙禍者多矣，獨爾得白獲免，非先人積善不至此，爾其勉之。"仲君涕泣，伏受教。母於是仍養叔子所，仲爲晨昏定省，母亦安焉。久之，呼仲子，命迎其婦歸。仲奉命如滑措行裝，兼轉爲母辦甘旨資。未如願，忽聞母病，置眷遽還。母見而喜，病稍瘳。逾年，病遂不起。疾革，無他語，但以季子所遺子女未成立爲慮，言訖瞑目，終於正寢。

母生以前明萬曆四年三月初三日，卒於大清康熙四年正月三十日，享年八十有八。生子四。長爾鵬，即天池，庚午舉人，娶尚寶司卿敬庵程公女。次爾鶚，即翰沖，恩選，原任江南無爲州同知，娶南昌府通判鎮華郭公女。三爾洪，原名鴻，即漸磐，歲貢，娶生員慶南譚公女，爲舉人、知中部縣南松公孫女。四爾鷟,生員,娶鄭氏,繼娶劉氏。鷟與長子鵬俱先太母卒。女一,適衛輝府學訓導宏衢張公子生員德教。孫男十二。維乾,即介公,乙酉舉人,見任大寧都司學教授,娶生員李君機女。維觀,生員,後太母五日卒,娶何氏,爲曲周學諭兌乾公孫女。維屛,生員,娶鄒氏。維晉,娶倪氏。維履,娶生員趙君雲翔女。維升,未聘。維臨,生員,娶高郵州判吕君焯如女,爲贈太常寺卿九三公孫女。維賁,生員,娶侯氏。維萃、維頤、維節、維豐,俱未聘。屛、晉,鵬出;乾、觀、履、臨,鷟出;賁、頤、節,洪出;升、萃、豐,鷟出。孫女五。一適生員郭君重煊子生員開第,一適生員董君正笏子近宸,鵬出。一適安陸府同知郭君仲金子生員天遴,鷟出。一適恩選沈君所元子生員文鐸,洪出。一適生員郭君重炳子翼,鷟出。曾孫男三。宗韓,乾出,娶濮州知州杜君名世女。宗邵,屛出;宗魯,臨出,爲觀後,俱未聘。曾孫女八。三爲乾出,長適思州府經歷李君棲鳳子軏,餘幼未字。二爲觀出,長字守備常君懷忠子維貞,次幼未字。一爲屛出,一爲履出,一爲臨出,俱幼未字。

今卜康熙五年八月初一日,奉太安人柩合葬於先太翁之兆。是宜銘,銘曰:

母賢教子,慰厥考心。教子及孫,世澤彌深。忽罹變故,天命難諶。母援先德,安心自訐。嘉言懿行,式戀徽音。開壙祔葬,瘞玉埋金。芳軌不朽,歷祀同欽。

清湖廣長沙府同知賡庭馮先生墓誌銘

吾師馮賡庭先生告殂,厥嗣鳳儀、鳳來二君求誌于元,相對而泣。元不敏,何足以誌吾師?元雖不敏,又不敢不誌吾師。

師先世山西汾州董寺里人。大父崑源公諱琦,以貿易來山海,因家焉。有隱德,人號善士,生三子。長元吉,蚤卒。次時泰,由進士歷官遼東廣寧兵備參議,以直致忤被譴,士論冤之。次諱時盛,即吾師父也,配李氏,生子四人。長偉聘,次純聘。次諱連聘,遊榆庠,元髫齡師之,不幸蚤世。次吾師,諱祥聘,別號虞庭。性穎異,能文工書,未弱冠蜚聲黌序間。然賦資豪邁,雖諸生而游藝韜鈐,結納英雄。時方用武,若祖大將軍、□□□□【一】,皆其少壯交歡往來,以意氣相許者也。棘闈屢躓,志切請纓,嘗喟然曰:"長劍大戟,文事武備,豈必拘拘效咿唔繩甕間耶?"竟日賓友滿筵,絲竹不廢。或有以曠業箴者,弗恤也。置身行陣,輒經旬月,績幾就而復隳。乃復事鉛槧,勤苦刻厲,夜寐夙興,寒暑罔輟。年既艾矣,當事訓練鄉勇,推師為閭巷長。運逢改革,□□□【二】舉義關門,以師□□【三】,委督糧糈,兼預謀議。大清兵至,遂聯響出迎王駕,戮力殄寇。錄功,以食餼生授山東齊河宰。此其生平出處之大概也。

師至孝,因蚤失怙,事孀母備極色養,措甘旨,搜時物,冬夏服飾務鮮潔。猶時貯青蚨千百,置臥榻側。或問:"母衣食充饒,將焉用此?"輒斥之曰:"汝何知?母或偶有所需,豈得以分文瑣瑣向子婦索取耶?"二兄分爨,師專任子職,若不知有伯仲然。母安其養,亦若不知有伯仲也。二兄賴其贍助,各成產,併及姪輩,久而弗替,族人咸藉周庇焉。蓋天性固然,非假學力以成之者。且為人慷慨果敢,臨事若卒無所辦,及徐採人言,旁資眾力,少頃胸有成算,遂一往直前,無所回護,以此終身無挫衄之虞。

其在齊河,墾荒田,備驛馬,招逋亡,繕城郭,清訟免耗,課士勸農,種種善政未易縷述。海宇初定,土寇不時竊發,師躬督家丁、捕役,屢擒渠魁。寇積憤,一旦糾合數萬眾,併力攻城,勢危累卵。師嬰城固守,以死自誓。令人潛出告急,適值禁旅方他出,聞警旋師相救,內外夾擊,一舉而盡殲之。由此濟青大盜無復有竊窺齊河四境者矣。事雖平,鄉里愚民素懷反側者，蓄疑首鼠，致廢耕穫。師憂之，單騎率數人遍歷廬井間，召其子衿父老，相與飲啖談笑，撫慰曲至。戶給印紙，俾安作息。由是士民歡欣，如親慈父；歲致豐稔，人歌樂土矣。遷秩長沙郡丞，邑人建祠尸祝之，俎牲載酒，歲久而愛戴尤堅，夫豈倖致者哉？

長沙，古熊湘地。師至，詰戎撫眾，民安其治。代邑篆，有惠政。未幾，以前任失歡上官，假漕米欠覈得解任，師遂飄然歸里。時處城北綿花莊上，犁田數頃，村酒社肉，以娛親賓。延師課子，青燈黃卷，期紹書香。鳳儀、鳳來二君相繼掇泮藻，而諸孫濟濟，亦巉然露頭角云。

師初艱于嗣，五旬後得異方，連生三子。成藥授人，多所生育，且能已病，歲時施濟，全活甚眾。今其方具在，按方合藥，弗臻厥效，師殆有仙緣者歟？黃白之術、堪輿之理，向嘗究心，久無所得輒棄去。優游林下十有七年，晚歲臥病年餘，不復親世務矣。

大約師之為人也，大節克敦，不飾纖曲，人毀之而不損其名，人侮之而不墮其業。人或誚之訕之，而德彌邵，福彌茂。大度汪洋，不啣舊愆，不介夙怨。雖有偶相齟齬之事，久之不覺，咸歸其宇內也。原厥所自，得之天授者居多哉。沒之日，囑家人喪事悉遵儒禮，勿用浮屠，洵足法已。

師生于明萬曆庚寅年二月初三日午時，卒于清康熙丁未年六月十一日戌時，享年七十有八。配趙氏，繼配劉氏，側室陳氏。三子。長九韶，即鳳儀君，衛庠生，娶汪氏。次九簫，即鳳來君，衛庠生，娶郝氏，係盧龍縣庠生郝希孔女。次九徵，娶石氏，繼娶解氏，先師卒。九簫、九徵劉出，九韶陳出。二女，俱劉出。長適劉允濟，後師卒。次適武庠生傅緯忠，乃江南壽春營副總兵官傅公尚謙子也，既嫁卒。孫五人，應興、應隆俱業儒，應昌、應茂、應亨尚幼。應興、應茂九韶出，應隆、應亨九簫出，應昌九徵出。孫女一人，未字。

師將於己酉年四月念七日巳時葬於石門寨之大峪口李氏太母墓側。

元爲之銘,銘曰:

惟山語高,峻極于天。惟海語闊,天水相連。篤生哲人,行蹟偉然。宦業卓鑠,德厚承先。佳城欝欝,石門之巔。榮庇後裔,師模永傳。

校按:

【一】此處四字挖去。

【二】此處三字挖去。

【三】此處二字挖去。

墓　表

前文林郎知山東兖州府滕縣事和陽王公墓表

余於和陽王公,姻戚之特厚者也。公卒,窀穸留期,仲子貞一君奉其冢君之命,持行狀來關門向余泣曰:"先嚴墓石,敢以相累?"余亦泣曰:"文詞非余長,然與爾先人結契有年,誼弗克諉。"

按狀,公諱調元,字爕甫,號和陽。生週歲而厥考蓋唐公見背,母王孺人含痛撫育之。稍長,性穎異,讀書能知大意。家貧甚,母以勤績課讀,公即知自奮。十二能文,十七應童子試,掇泮芹,蜚聲黌序間。邑侯重之,優禮特異,而弗干以私。菽水承顏,得母歡心。族有饒者,不作觖求想。房址田畔,不與鄰人較,以此見重鄉邦有日矣。既壯,領鄉薦,以母苦節狀白直指,聞于朝,下詔表閭。復爲祿養計,署嵩庠諭,成達有方。擢臨朐宰,迎母就養,巨細事咸禀命焉。治朐如治家,凡興學勸農,清徭息訟,靡不殫竭心力。生儒受指示者,督學試皆前茅,一時雅負知人之譽。至聽斷,剖抉如流，贖鍰不入，民歌慈父，吏胥仰神明矣。

時流氛煽虐，奉檄繕城隍。內外民居稠密，有礙濬築，請于上，不允。公堅守初議，且云："職縱不計闔邑生靈，有母在署，寧不惜闔家性命耶？但流寇之害在異日，築城之害在目前。民心既失，誰與爲守？"上官未信爲然，及親歷，見鋪屋如櫛，城雖土而雉堞完固，垛有丁，臺有總，鄉勇往來游緝，始爲霽顔。于是有實心實政之薦。

治朐二載，以繁調滕。滕故疲邑，務冗糧虧，役頑旅衆。公下車，拮据旬月，諸廢俱舉，鄉曲城市爲之改觀。當事廉公能，復以鄒、嶧二篆見委。公固辭云："滕敝已極，夙夜竭蹶尚恐不濟，若兼攝，則于二邑無補，于滕實大懲矣。"當事雖面俞而重拂其意。公素不曲媚其左右，因以戇直論罷歸。

先是赴滕，母已以思歸。旋里，拜母階前，泣數行下曰："兒今日始得專盡子職。前履畏途，未卜何時得奉色笑也。"越二載，母没，哀毁如禮。始終純孝，鄉邦無間言。家居三十餘年，簡編時在手，課耕問織外，不營末務。崇簡約，重然諾，甘恬退忍。橫逆邦大夫，經年不一面。與鄉人接，從無遽色惰容。坊甲差徭，必遣僮僕應之，未嘗以薦紳自異也。

爲孝廉時，與溧孝廉張君啟源相友善，張君以季女許聯世好。未幾，其父母相繼棄世，女遭兵燹失所。公多方訪得，養成，與其仲子完花燭禮。不以存亡二心，尤人所難。季子外父詹君世烈爲禹州倅，卒于官，匱乏無子，旅櫬不能返里。公爲厝資斧迎歸，葬於其祖塋之側，且命季子迎養外母蕭孺人，俾其母女得相團聚云。

大抵公爲人，事母以孝稱，生平敦謹周慎，言動不苟，守正不阿。自服官以迄林下，未嘗有侈靡婟媚之行。蓋其天性固然，而又篤以問學之功者。享壽八旬有五。病革之日，囑其子以兄友弟恭、讀書繼述數語，弗他及也。配趙孺人，繼配祝孺人，五子七女，孫及孫女若而人。

姻親幾二十門，而與余尤相愛重。余少公二十八年，而獲締世好，方將奉爲典型，一旦舍我而逝也，可勝悼哉！爲抆淚表諸貞石曰：是故滕侯王公墓。至生卒年月、世代子孫名系已具石少宰誌中，不備載。

祭　文

祭朱總戎文

吁嗟我公，德懋勳隆。巖疆失怙，悲溢群衷。維公初年，起家文事。東粵露斑，驥足未試。壯心方熾，飭我六韜。羽林虎賁，大建干旄。轔轔者車，驒驒者馬。厲爾戎行，居然都雅。皇清肇運，推轂登壇。榆關秉鉞，兆姓乂安。不震不驚，按節敷治。壁壘無譁，室家攸暨。伐奸戢魃，不怒而威。中孚克允，小大莫違。軍政既優，時親內典。和藥濟人，技神佗扁。駐節四年，將卒豫附。狐鼠潛踪，駿伐丕樹。胡天不弔，奄隕厥身。師虧長子，貞詘丈人。貽厥孫謀，繩其祖武。佐乃中丞，奏功南土。聞訃馳至，上書彤庭。綸音異數，百祀維馨。懿德永昭，令聞不泯。山峙海澄，方來斯引。某等不肖，夙奉道儀。爰戒牲醴，蘄馨哀私。維功伊濯，維靈斯赫。鑒茲素悰，歸然來格。

祭須年伯母文　陰泰峰先生率同門公祭

維皇眷德，爰篤坤貞。式敦閫範，用誕邦楨。載遡厥先，高風偉抱。理擅儒宗，名騰諫草。淵源有自，內則維端。藁砧見背，勵志熊丸。令嗣三人，膠庠濟美。長公奮翮，先登肇起。甫掇秋桂，旋捷南宮。鴻聲駿樹，課最司空。佇望遷喬，每懷色養。訓迪惟勤，優榮宜享。新詩盈篋，將佐壽觴。訃音忽至，遐邇增傷。某於賢郎，叨長一日。凡諸同門，金蘭訂密。誼關世好，悲逾尋常。敬陳薄獻，瞻格洋洋。

公祭丁太孺人文

嗚呼！胡天不弔，摧茲閫儀。親識咸悼，遐邇含悲。維昔孺人，楊公之女。升雋成均，宦聲颺舉。閫訓既嫻，曰嬪哲人。掇芹首善，待聘席珍。偕老百年，中道奄逝。撫爾諸孤，朝夕隕涕。敦崇儉素，加厲勤劬。貞慈兼濟，初終罔渝。母代父責，裁以義方。四男一女，並懋溫良。長嗣白眉，蜚英駿起。北面人師，八旗弟子。司教驪城，攝篆榆庠。萱幃色養，慶譽來章。文顯武騰，門楣耀彩。冉冉孫枝，含飴樂愷。佇膺紫誥，榮享無疆。何爲厭世，跨鶴長翔。杳杳雲鄉，維母所往。淑範莫留，情懸悵惘。某等不佞，締結賢郎。或叨知愛，或忝門牆。夙仰令德，傷切中心。蔬筵布獻，伏冀居歆。

祭齊岸伯文

嗚呼！自人生之易逝也，往往虞中道之忽虧。豈運數之適阨耶？胡爲乎嘉俊之先萎？論文講藝，夙擅英奇。金融玉潤，粹品清姿。穆穆乎庭幃之色笑，雍雍乎友愛之無私。爰接同人，遂志追隨。允德業之是勸，而過失之相規。原始迄終，歷久如斯。求人材於今之世，亦庶幾無間而無疑。方期備王賓之選、隆國器之資，何年未訖乎強仕，遽爾遺斯世以遙馳？

嗚呼！斯人也而有斯遇也，能不令人傷悼而涕洟？方仲弟前春告殂，已切令質未永之悲。而茲又復然，彌深感慟於親知。雖然，修短固自有數耳，尤幸兩弟可以事二人，賢嗣足以振宗支。生平無愧，優游地下，猶將見重於冥司。但我輩之終不忘情者，道義中損一良友，即夢寐猶欽夫令儀。載陳蔬獻，申之以詞。

公祭楊安人文

自昔業成之助，率由內德之貞。若閫儀之奄逝，能不切感悼之情？惟靈誕坤維之粹，鍾妹土之英。克相夫子，藝苑蜚聲。蘇門振藻，天府策名。別駕少展夫驥足，載贄初臨於北平。榆關分治，秋水澄清。魚軒至止，冠帔膺榮。聯產令嗣，頭角崢嶸。長君國器，盍奮邑嚳。他年升儁，瑞鳳雙鳴。閨中二秀，玉潤珠明。門楣增彩，待聘叶亨。念生平琴瑟之諧順，期百年偕老之尋盟。胡逢不偶，淑質忽傾。馳雲車於瑤島，泛仙駕於蓬瀛。嗟徽音之不再，傷幼稚之惸惸。某等心仰懿範，敬展愚誠。牲牷既備，醴酒斯呈。靈其鑒之，昭格几楹。

祭穆太宜人文 賓日母

閫德聿茂，丕肇弘基。發祥篤厚，瑞敷宗支。維茲穆門，吾鄉望族。自母適翁，載膺多福。奮跡黌序，繼振鐸聲。亳邑佐治，解組辭榮。熊羆入占，桂蘭集慶。冢嗣克家，南宮標盛。爵洲琴理，績最循良。保赤靖寇，駿烈赫彰。宸命褒封，晉秩蘭省。鼎養寖隆，受祜宜永。藥砧方健，宦業蔚興。母胡厭世，鷖馭遐昇。年誼攸關，臨柩滋悼。敬儐蔬筵，竭□用告。令儀既逝，懿範斯欽。鑒予積悃，陟降居歆。

公祭朱太翁文

嗚呼！老成告殂，維衆之悲。盛德忽傾，傷動群黎。惟翁從龍舊臣，著績東陲。入關以後，勷造鴻基。命守關門，百爲允宜。同寅既協，滿漢交綏。噓人以和，小大熙熙。沉靜寡言，厚重自持。人服其誠，下戴其慈。久駐山城，感頌同詞。厥德既隆，厥後斯奇。冢君紹美，斐亹令儀。銓曹昭業，冬官敷施。勳猷丕茂，彪炳當時。次公英特，襲翁所司。恪遵庭訓，勿亢勿隨。巖關秉鑰，率謹無欺。難兄難弟，並擴家規。翁福方熾，翁壽莫衰。如何一疾，哲人其萎。易簀之際，纖委悉知。生平無愧，于斯見之。某等夙叨契好，誼荷不遺。悼翁奄逝，音容罔追。中懷蘊結，曷罄惓私。聊陳菲獻，几筵在茲。惟翁降格，鑒我哀思。

關門豎旗文

巖巖雄關，燕薊鎖鑰。禁暴詰奸，重門擊柝。大清受祜，路達兩京。車騎雲聚，來往山城。帝命丕宜，整茲遼土。招集流遺，分邑置府。事既從新，物宜除舊。孑孑干旗，奕然改搆。我醴既具，我牲孔將。擇吉肇樹，大信允張。

公祭關廳劉公文

凡有功施於民者，民食其德而不能忘。矧憂勞民事而致殞厥身，尤宜勒令緒於無疆。惟公誕粹中州，鍾靈洛陽。先公名高蕊榜，奏績計部以稱良。逮公成均擢儁，追前烈而賁休光。筮仕北平之別駕，分守榆關之鄙鄉。地值滿漢之雜處，人通中外之攸行。憲司既經久撤，衛權復爾相當。事欲行兮趑趄，意欲止兮徬徨。公以清白起家，懸水鑑而勵冰霜。澤流愷悌，性秉慈祥。疇宜興而宜革，必進父老以相商。歲遭亢旱，步禱各方。允矣引天災爲己咎，誠哉撫民瘼如己傷。時實艱兮力畢殫，才未竟兮命忽戕。吁嗟乎民何不幸兮公薑逝，吁嗟乎公胡不幸兮罹斯殃。某等心知公之清苦而歎不能助，目覩公之憔悴而愧不能襄。痛公長往，丰儀渺茫。聊陳薄獻，少展悲腸。嗚呼！公之靈歸故土兮，垂遺愛於東郡，留餘憾於北邙。

公祭韓太翁文

嗚呼！膺顯懿之德者，宜食厚報於當時。負徽隆之望者，方貽豐享於來茲。矧以世德而兼峻望，其生也起人之慕，而没也動人之悲。惟我太翁，夙秉英姿。家學醇茂，賦質恢奇。性生純孝，胝篤不移。因嚴親之抱恙，祈委身而代之。迨萱幃之染疾，衣不解帶以相持。三年讀禮，哀毀涕洟。棠棣雍睦，讓産推貲。鄉評增重，月旦無疵。解紛排難，赴義如飴。弘材既優夫文業，壯略何妨以武施。湛孫吴之策，諳黄石之規。臚傳丹陛,沂衛宣慈。來表中正仁明之頌,去有攀轅臥轍之遺。義方勤其正訓,燕翼子而裕孫枝。令嗣掄魁蕊榜,肇登翰苑以聲馳。暫秉榆庠之鐸,旋燃鳳閣之藜。鶴髮紫誥,榮壽無期。胡爲乎厭塵凡之紜擾,奄登仙路以追隨?在翁生順没寧,仰無怍而俯無訾。乃欽翁之範而景翁之儀者,能無切淑哲之痛、厪耆碩之思?敬陳芹獻,將以俚詞。

公祭呂太夫人暨賢郎泠之兄文

維皇鍾粹,誕育坤貞。厥德允茂,家室攸成。昔相夫子,藝苑蜚英。青錢中選,天府策名。許昌佐治,肇奮鴻聲。宣猷開闔,司計沾榮。秉憲隴右,令止禁行。勳伐彪炳,內助實宏。高堂偕老,眉壽協亨。胡天不恤,一疾告傾。令嗣濟美,材裕邦楨。菁華斐亹,意氣崢嶸。出宰陂邑,治頌神明。抒蘊未竟,遽殞厥生。櫬來江右,遥滯期程。子萎異域,母没山城。翁年垂暮,何以爲情。幸有賢孫,堪繼宗祊。光昭祖烈,世業匐匐。母柩就子,漸近先塋。煇煌蕭羹,巍煥靈旌。恭陳芹獻,聊展哀誠。統惟鑒格,滴淚盈盈。

公祭王太夫人文

天鍾閫範,世景坤儀。淑良長逝,遐邇增悲。於惟太母,夙秉醇姿。于歸夫子,家室攸宜。誕育四男,誼茂壎箎。雁行娣美,才擅英奇。諸孫森列,小大追隨。蘭芬蕙質,郁郁離離。曾孫毓秀,共羨麟兒。教子和熊,弄孫含飴。德隆福厚,太母所遺。先君蚤背,咸稟懿軌。公族貴盛,慶衍宗支。登壇仗鉞，伉儷□姬。處貴不驕，履盛無欺。享茲純嘏，綿箕期頤。胡天不弔，一朝告虧。珠沉月缺，電掣雲馳。忽聞仙訃，群切傷咨。某等不佞，素仰尊慈。交遊賢胤，叨附親知。情深感悼，牲醴寅持。伏惟鑒格，抆淚陳詞。

祭神驅虎文

生民、野獸之各安其處也，從古已然。關門北山南海，前此居人樵採山谷間，併無野獸之擾。邇來頻遭毒害，今歲尤甚。當此天下一統，新上御極，百靈效順之時，豈可容此殘暴之畜數數戕人乃爾耶？

竊聞獸得食，稟命於神。似此慘惡荼毒，神不知何以為神？知之而故縱之，神之所職果何在也？況此皆天子百姓也，豈供野獸俎上之肉也？糾衆合詞，特具牲醴，仰叩明神。懇祈彰神之靈，鼓神之威，疾驅害民之獸於遠方，以安我生人，俾後此不復罹其毒。

或非神所轄之地，亦當轉告互驅，務致各安其所，永佩神庥於不朽。

關帝廟祭文

浩然之氣，乾坤所鍾。赫赫大勇，萬古攸宗。節著當年，光明峻偉。威鎮來茲，權尊神鬼。由侯躋王，隆封稱帝。歷代儼承，駿奔罔替。英靈丕顯，經久彌彰。屏邪祐正，瞻仰徬徨。

祭內院大學士胡菊潭堂翁文

天之篤生元老也,將爲國綿其祚耶?抑爲民集其庥耶?雖享於生前者有限,而垂於没世者無涯。於惟我翁,德懋臧嘉。少登蕊榜,奮吐奇葩。優游翰苑,彩筆生花。分闈主試,識拔瓊瑰以無差。久歷南宫,崇躋宗伯,襄大典而蔚國華。辭不亢而氣不激,要期尊秩敘以杜紛拏。接同堂暨僚佐,一之於敦摯以謝浮誇。于是群衆仰之,若欽瑞靄而景朝霞。晉階秘閣,翊贊天家。補袞職兮黼黻,沛霖雨兮桑麻。一旦拂衣而辭帝里,爰稅駕於汾水之肥。閒適綠野,爲時幾何,遽爾厭塵世而返雲車。望西蜀兮路杳,瞻峨嶺兮途賒。翁之神無往而不在,翁之儀邈矣其彌遐。榆關舊吏,久伏蒞舲。遙聞仙訃,感痛悲嗟。特尚人以布奠,不禁涕泣之交加。

祭內姪女徐門劉氏文

嗚呼!我之見汝於昔也,汝方稚也,何居乎爾之遽逝也?汝父攜汝之官十有七年矣,聞汝嬪焉而喜,聞汝生男生女焉而喜,聞汝接親眷以和、撫僮婢以寬而益喜。何居乎爾之遽逝也,而適足重予悲也?

嗚呼!我今逾五望六,而尚未生孫,時廑予慮。汝父少我四歲而尚未得子,僅汝一女而又不爲久存,汝父暨母何以爲情耶?予忝爾門近親,聞汝少亡異鄉,以爲父母戚而不禁涕泗之交下也。

嗚呼!汝有子有女以爲劉門甥,猶可慰汝於地下,兼慰汝父母於堂上也。汝若有靈,能佑汝父母令生子,以看待汝子若女於異日,不更足慰耶?

汝果能耶？否耶？

我今遠隔二千里之外，不獲躬臨爾柩以伸一慟。聊馳芹鱐布意，將之以詞。爾果有靈，惟其鑒諸。

祭馮業師文

嗚呼！天挺英賢，間出不偶。大倫克敦，才包衆有。惟我夫子，家學相承。伯考肇烈，蕊榜巍登。著績冬官，秉憲遼左。吾師繼之，徽音載播。能文工書，夐游黌序。屢試前茅，棘闈弗舉。術期學劍，志切請纓。雄風俠骨，電掣雷轟。失怙幼齡，萱幃愊侍。愉色婉容，特稱養志。飲食務豐，衣服致潔。時供錢帛，酬應罔缺。順意承顔，親心以悦。兩兄分爨，仍復相資。爰及子姪，咸被恩施。天性孝友，大節無虧。生平灝氣，臨事敢先。衆正輔之，見善能遷。結納豪傑，周卹逃遭。和藥活人，疾危獲痊。傳方普濟，累百盈千。功深德厚，登籙宜仙。天運逢屯，□□【一】舉義。借贊軍機，參預謀議。出迎王師，入辦委積。錄勳授職，齊邑蒙庇。固疆殄寇，勞心撫字。單騎往諭，反側以安。咸服稼穡，互免摧殘。蠲荒稅熟，賦役從寬。建祠尸祝，歷久勿刊。擢秩熊湘，命佐名郡。詰戎肅伍，育黎解愠。仕路實艱，抽簪引分。歸賦遂初，不隕厥問。優游林下，十有七年。殫心庭訓，冀紹家傳。箕裘弓冶，勉奮遺編。泮宮擷藻，連袂翩翩。諸孫玉立，吐秀增妍。門楣絢綵，璧合珠聯。情娛山水，誼薄雲天。維余小子，門墻忝列。童稚傳經，弱冠立雪。叨博一第，徒漸迂拙。血誠無補，綿力莫竭。泰山其頹，寸腸欲裂。抆淚陳詞，鑒兹菲設。

校按：【一】此處二字挖去。

岳父母焚黄祭文

善人裕後，厥家乃昌。大孝尊親，爲國之光。維我外父，賦性淳良。蓄財利物，積善於鄉。及我外母，一德偕臧。樂施弘濟，勤儉相將。篤生四子，各授義方。季子蚤世，三茂膠庠。伯領家政，仲晉官常。馬邑名宦，東流甘棠。叔子邁種，成均見長。佐州輔郡，聲烈滋彰。既擢州牧，復躋黃堂。由潞歷汾，仁愛增芳。龍章巍煥，天語輝煌。重膺敕誥，克遂顯揚。諸孫濟濟，群繼書香。或榮五馬，或用賓王。某也不肖，叨坦東牀。幸博一第，早謝嚴廊。際茲盛典，聊布筵觴。伏惟俯鑒，降格翺翔。

來公祠祭文

山抱海環，關門稱固。典守誕膺，惠澤攸布。於惟我公，昔蒞雄關。奮猷禦暴，勵節格頑。權貴弗徇，餽貽不染。蒼赤休凝，豺狼跡斂。專祠崇祀，俎豆有年。榱桷頹敝，遺像推遷。爰就平壤，聿新廟貌。牲醴載陳，永茲則傚。

公祭孫路主文

惟天家之須將略，乃壯烈之鎮嚴疆。一旦失雄材于中道，能不深人惋悼之腸？惟公胸羅秘略，藝擅穿楊。巍登金榜，名震堂皇。肇啟津門之偉業,弘敷甌越之威張。巨鯨斂跡,海波不揚。山城資其保障,遼薊固其維防。滄瀾增重,巒嶂生光。守關禦暴,戢旅通商。允屬盛時之頗牧,堪躋當代之召方。忽染沉疴,思返維桑。欲攬雲山之縹緲,將循碧水以彷徉。歸田願遂,晝錦叶臧。嗟逢無禄,哲人云亡。惓故土兮寥遠,望家園兮杳茫。内助既失於往歲,藁砧復喪於殊鄉。室餘未字之閨秀,幃存垂老之萱堂。所可恃者花萼芳桂,猶堪接步武而繼書香。公之靈或可自慰乎?某等久忝交誼,不禁中情之愴傷。陳牲致奠,酌醴稱觴。伏冀我公之鑒悃,仰矚如在之洋洋。拜總帷而隕涕,奉誄詞以相將。以妥以侑,來格來翔。

卷　五

榆關佘一元占一著

書

抒情布悃，論理陳言，惟憑筆札。然有直書未及脱稿者，有雖脱稿一時失記者，兹所載特十分之一二耳，原非以此而分去存之見也。

謝堂翁書　癸巳

某不肖，夙忝屬員之末，叨邀青顧，得以奉命承教，開導惛愚。病廢以來，復蒙多方庇佑，俾遂首丘之願。此後餘年，皆堂翁所曲成而再造者也。

二月抵家時，以道途困憊，病勢增劇，又遭子婦之變，喪事倥傯，久稽候謝，寸忱鬱積。邇雖少間，終覺痰氣不清，耳鳴力怯，不任勞擾。惟喜閉關静坐，時或偃卧安息，不出門，不面客，甘心自棄，以終老田間爲幸耳。惟憶覆載厚德，夙夜祗念，無刻去懷。

敬覓鴻便，恭候近禧，兼布謝悃。疏節空函，統惟鑒宥，臨啓不禁瞻依馳慕之至。

上陰泰峰先生書 癸巳

某不才，向蒙首拔，附驥獲顯。謝病歸來，全藉鼎致於敝堂翁，得達鄙懷，是某進退皆師恩也。

別時遣子瑜代叩，蒙諭肫惓，悉體曲至，更錫隆貺，用誌弗諼。盛德罔極，名言難罄。中途遇穆生，已托其代送師駕。抵家後，即聞老師得請榮旋矣。天倫聚首，松徑優閒，福履綏之，勿藥當有喜也。

某邇賴洪庇，病體少瘳，然猶耳鳴力怯，不任勞劇。惟就靜坐，時或偃息，不出門，不面客，間與二三友朋談文講藝，借以自遣。私心自矢，惟以終老田間爲願耳。屬遭子婦之喪，已經殮殯竣事。關門米價騰踊，斗值千錢，近稍就平。雨暘不愆，方幾倖有秋之望，未知向後奚若。

敬覓得入京之便，聊賫小楮於王念蓼先生所，煩其轉致老師臺下。恭候鴻禧，附以近況上陳，統惟俯鑒。關河遠越，徒切瞻依。

復宋道尊書 戊戌

前逢老公祖紱麟之辰，歉未能躋堂稱觥，戔戔不腆，尚煩齒芬耶？

郡誌久缺，賴老公祖飭此盛舉，用垂不朽，闔境幸甚。敝關近事，向韓廣文詢及，曾列所知送衛。嗣劉關廳自府旋，聞主筆者猶懸。考據數日，前手輯續略一册，照山石舊例，函付撫寧王生轉寄。適捧翰諭，亟詰衛掾，以爲已達王郡丞矣。便札再促，料此時想俱陳華階也。

兹將續略未備又補贅一二，附呈鈞覽。學識寡陋，參錯猥瑣，不堪玷大方之目，聊備老公祖菲之采耳。至治某家世寒賤，罕足勒述。舊誌"隱德"中載先祖諱某一段，去存刪潤，統望台酌。

唧佩上復，不盡瞻切。

誌修未竟，遇陞，將板攜去。嗣彭太守覓得續成，版存郡署中，尚缺"宦蹟"一卷。

致宋道尊書 己亥。同穆賓日公致。時有裁衛學議，又有衛學減數之說，因致此書

老公祖教化弘敷，仁風遐暢，閤郡士子沐浴時雨，而成德達材者比比矣。

茲值督學按臨之期，正諸生殿最之際。敝關僻處一隅，人文寥落，然士風在近今猶稱醇謹。且地方滿漢雜居，丁糧稀少，既無衿佩之榮，併乏優免之利。所恃以綿詩書之脉，而維持儒業於不墜者，僅此秀才二字之虛名耳。伏乞老公祖格外開恩，鼎致學臺公祖，懇將入學人數稍稍從寬，末等人數稍稍從減。至於首次貢生員，歷年既深，前途將濟，尤望俯賜曲成。凡此皆法中之仁，一以培邊鄙之文風，一以獎謹樸之士習，造就洪慈，與覆載同不朽矣。

恃愛冒干，統祈鑒注。臨穎瞻切不一。

書至，道尊轉致學臺，遂將山海入學進十五名，各縣入學止進八名。前此撫寧縣、衛兩籍共爲一學，後撫寧衛雖併入山海，童生考試仍隨撫寧。至是，因山海有十五名之額，撫寧衛童生始隨山海考試矣。

與宋道尊賀壽併贐書 己亥

老公祖屏翰東陲，覆庇敝郡，凡三逢華誕矣。治某病軀疏節，不能躋堂稱祝，一效子民之誼。茲當榮發在即，適值絅麟屆期，慶忭既殷，瞻依彌切。敬尚价代叩崇階，聊具一芹，恭伸祝悃，附將微贐，統希鑒茹。

近聞新公祖遠阻江干，下車未卜何日。畿左重地，恐當事未即聽老公祖南征。惟是照臨一日，猶慰一日之戀慕耳。臨械神注，不盡願言。

候陳堂翁書 庚子

向者盛使入關，捧接手教，如承面誨，不勝馳感。嗣張公子來，備悉老堂翁道履亨嘉，殊慰下懷。

目今朝廷漸興求舊之思，東方遺老已有生還者。老堂翁夙荷聖明殷眷，指日當有旃旋之舉。惟望加餐自玉，以需溫詔優頒耳。若某迂拙性成，潛伏艸野，才分宜然，敢辱老堂翁隆譽耶？

蒙鈞諭，不敢以林下舊銜唐突典記，從質書之，不知是否。臨啟瞻依，悁注不一。

答李吉津少詹書 庚子

老先生忠可回天，孝堪風世，諸舍親輩敬仰德履久矣。一旦獲瞻芝宇，深慰素懷。歉不能投轄攀教，杯酒望洋，難伸積渴，尚辱齒芬耶？貴鄉親至，捧接手諭，得聞近祉，兼荷注存。拜登仙貺，不啻百朋之錫也。

目今新上御極，老成是需。惟望節哀自玉，指日服闋，定當借壯猷以膏雨蒼生，豈容東山久卧乎？不肖如某，但邀庇得畎畝終身足矣。

覓得海上尤詩一首，附俚言一律，係爾時所作，未及録正，奉上聊博一哂。臨楮不禁依依。

復朱山輝書 辛丑

闊別十載，每閱仕籍，知老世翁屏翰天家，歷邊腹中州，旋擬内召，作帝股肱。不意讀禮，忽負栖棬之痛也。途遥乏使，莫弔缺然，可勝悚歉！

兹伏讀先師行實，追慕疇昔恩誨，不禁隕涕。及捧誦諸詩稿暨嘉言，又神服老世翁文章行誼，居然媲美古人矣。不肖弟退處林皋，年來貧病相仍，毫無善狀堪爲知己道。過蒙垂注，遠錫瑶函，感愧當曷既耶？

來人索復頗急，匆匆布忱，語不罄懷。外附拙刻呈正。統惟鑒削，臨穎依依。

答王炤千書 壬寅

昔年孫舍親托老年翁宇下曾寄一函上候，過蒙推分，始終照拂，迄今銘感未已。

祝老久在關門，詢知爲老年翁之親，且知年翁此時亦致政家居，弟甚異之。迂拙如弟，不諧時宜，枯守故園，分固應耳。老年翁高材偉抱，方期大用當世，奈何亦循弟之所爲耶？弟曩原以病歸，歸後病體漸愈，耕田教子，冀倖一日餘閒。近年以來，未免有人情不調，風俗日偷之處，迄不能脫然無累。老年翁所謂性命之學，可以明示其旨，一洗弟之俗牽乎？

祝老爲人倜儻，自當以年翁之親親之。念及於老友無多，令人不禁惋嘆。聞薛鶴胎已作古人，果耶？否耶？其後人亦克家否？便中示之。

大作典則風雅，可以爲式。懸之齋壁，朝夕諷咏，如與老年翁面談。依韻奉和十首，敬錄呈正。舊刻一册，併望郢削。楮幅有限，闊悰莫罄，臨械不盡依依。

新正候陳堂翁書 壬寅

年前太母入關，接老堂翁台翰，如聆面教。爾時人口、行李俱無阻滯。因前奉令弟老先生命，托修太翁祠宇，此時幸亦就緒，太母見之色喜，無非仰體老堂翁仁孝至情也。

太母返里，尊懷漸慰，從此邀恩全釋，想亦指顧間事耳。四世兄到關，又回京師，遣人出關，附此恭候新禧，諸望珍重，爲蒼生自玉。臨啟不勝遙祝之至。

慰石仲生少宰書 癸卯

初秋張學博旋瀠，曾有小函上候，諒已久達鈞覽矣。

近聞貴州有寇警，潭府亦與受驚。路遠傳聞失真，且久不出門，無從確質，中心懸切無已。特遣价奉訪的息，兼慰台懷。昔塞上翁失馬，轉以爲福；王參元失火，反以爲賀。惟望老親臺以寬心任運處之耳。

外有貴門人諸震坤自遼釋還，動問近履，且欲過瀠奉謁，不知果克遂願否？併此附及。臨楮惓注，神往不一。

致張道尊書 癸卯

老公祖照臨此方，三載以來，下民享無事之福。某雖林下陳人，叨邀帡幪，食德忘報，惟有遙祝純嘏耳。

兹有啟者，關門給引一事，原係從來舊例，前此因奉行未善，遂致暫停。嗣是奉部文，遠方行引者一季一報，關門行引者一年一報。因此自去年九月內守關各官撤去舊引，候換新引，以便稽查申報。但本衛未奉明示，不敢擅給文引。坐此有撤無給，將本城居民一關之隔，遂致斷絕往來，糶糴樵採，一切梗滯，深爲不便。目前已將一載，守關者亦無憑報部矣。

不得已，本衛會廳請詳老公祖案下，伏乞開恩俞允，速賜給發，一面轉申卜聞，以爲生民長便之計。況給引確係舊例，奉行之際存乎其人，似不可因噎而遂至廢食也。且此番滿漢士民，已各相約遵法自愛，俟臨行重以老公祖之命，再加一番申飭，料不至復蹈前轍矣。

某杜門退處，久不妄干時事。目此日夕急迫，遷延已踰時歲，不得不代達下情。萬惟垂鑒俯原，臨啟惶仄，待命不一。

書達，未蒙批給，本衛權以門牌行。未幾，遂移關於東羅城東門。

與王長安書 乙巳

　　昨駕抵關門,適值尊冗匆劇,未獲從容聆教,反過擾卻廚,渥承腆賜。感佩高誼,名言莫罄矣。

　　別時面托小兒,同楊堪輿一看尊塋蓋房處所。次日,小兒同楊生併諸親友到塋西詳審確議,止宜蓋一享堂,不便起造大廈,恐於本塋有碍。小兒歸,具述其狀,即欲致札再請台教,又恐言之未悉,遽難輕達。次蚤躬詣貴塋,請楊生與三令叔細細循行一再匝。見佳城周圍包裹重疊,靈秀畢萃,但右手蟬翼下半段微覺欠昂。照楊圖中所畫,離墳向西南二十二丈外,長十二丈,闊十丈,宜修享堂三間,高一丈三尺八寸左右;廂房六間,高一丈二尺;大門一座,儀門一座。以此作一印星,助起蟬翼,則周圍完備矣。若起大廈,虎首太強,形象不稱。且陽基貴動,陰宅貴靜。於陰宅側一作陽基,恐朝夕車馬喧闐,人烟湊聚,或不宜於妥侑神明也。

　　此據楊生詳細指陳如此,迺敢具函上陳。伏祈老親臺留神裁酌,更與三令叔確議示行。臨楮惓注不一。

復彭太守書 乙巳

　　三載姘蠓,疏節趨覲。今春枉駕,倉卒褻簡,未罄積忱。茲辱齒及,不益增悚愧耶?

　　承諭郡乘一事,具覘老公祖留神載紀,有神垂示,實闔郡紳衿氓庶之厚幸。既蒙下詢,敢不竭愚以報?但治某學陋識闇,疇昔寡所著藏。勉應台命，容依類考葺敝關名宦、人物等四卷之略，嗣期馳奉華階，聊備椽筆刪正。

先此布復，伏惟鼎鑒。臨械翹企不一。

與彭太守書 乙巳

前老公祖爲郡乘一事下詢蒭蕘，爾時肅械，藉來使預復，諒蚤登典記矣。

嗣此隨取山石舊誌，芟其繁蕪，續其缺漏，併參以親朋之採訪，附以一得之見聞，草具誌略四卷，上呈台覽。伏望老公祖鴻裁碩鑒，俯賜刪潤，附各州縣之後，俾關門僻壤不致淪没簡端。老公祖鈞陶，直與碧海蒼山共垂不朽矣。

至各屬事實，彼處自有文獻足徵，治某無憑越俎。不揣固陋，冒昧應命，統候郢削。臨池拱瞻。

後誌修，所具多未詳載。

復陳世兄諱揆書 丙午

兩接手翰，示我以道誼之隆，勉我以民生之重。捧讀再四，如聆面教，實感且愧。

遵台命序先師全書，止道肝膈，朴實數語弗敢溢及。蒙老世翁不棄，錄附集中，俾後世知不肖如弟得叨列大賢門墻之下，允屬厚幸，安敢望見聞知之末耶？上帝好生，民我同胞等語，弟夙佩服先師之訓，今重以老世翁之開導，非不有意推演發揮，但真能領會承當者實難其人，亦不因難其人而遂吝於陳告也。

邇來盛京頗開絃誦之風，亦斯文興起一機，又恐僅作文字觀耳。老世翁讀書課孫之餘，更留心於當世，真足繼述先師家學。倘有著作，猶希郵示以啟茅塞。弟久欲覽忠憲高子遺書，恨無從覓。承惠節要二冊，得識先師學詣淵源，奚啻百朋之錫！若他日得覯全帙，愈愜生平所願。但老世翁屢以道要真詮下示，而弟一無仰答，負歉又當何如耶！

年來不揣愚陋，積有詩文數卷，無力繕梓，弗獲請政，未審須之何年耳。令弟淑子世翁初夏來關，得接談笑，喜出意外。奈不久即旋都門，未得畢聆謦欬，一盡東道主人之誼，迄今增悵。

茲附便楮，恭候近祉。積忱莫悉，臨緘依依。

致陳世兄諱揆書 丁未

客秋曾具一函，奉候近履，兼復前教，諒久登台覽矣。

承惠《高忠憲節要》，捧讀之餘，見其闡性命之微，明節義之重，真足接程朱的派。然猶有拘於當時之見處，似未若先師之書融粹圓暢，直可行之萬世而無弊。豈未覯其全耶？抑讀其書者又不得不論其世也？

令弟淑子世翁向至敝關，性質溫純，大有學者氣象。但功名之心未免太熱，弟以數語相規，頓能翻然俯從。聞場後即返梓里，是其勇於改過，洵有大過乎人者矣。兄弟之間固貴怡怡，亦不妨從天性而談理道，當必有真見定守，避世用世皆其所宜。不知老世翁以爲然否？

錦縣陳父母以丁內艱還浙，附便草此，聊布積悰。至弟之迂拙如昨，殊無善狀可爲老世翁道者。臨楮依依，不禁神往。

與浙督趙君鄰書 丙午

老先生大孝純忠，海内共仰。爲尊塋一節，屢承台委，敢不竭愚以報？但學識淺陋，慮不足以副大命，每深悚歉。

有長山人徐生者，原名之邈，今名處闓，字遠公。此人乃道學名流，非尋常行術者比。癸卯歲曾來關門，同到尊塋周迴觀覽。凡蓋房栽樹之所，皆與相商。伊以爲此角山一支之末落，僅此一穴，餘似當別圖矣。今春獲晤盧令親，言及祔葬一事，慮先太翁一塚年久棺壞，不便啟攢，且地窄墳雜，無可展厝之處。彼時已聞徐生有復來之息，猶未可必。不意令親行後十餘日，徐生即至撫寧矣。折簡邀來，共商此事。因覓老先生請葬一疏與徐生共覽，見其情文肫懇，語意痛切，相對不覺泣下。

徐生云："趙公之發，雖云此地之靈，今已發過，似當改卜。況此地傾仄，難以修坊建碑，不協大臣之體，恐非所以妥先靈也。"但此事重大，未奉老先生之命，不敢擅專。近聞已得俞旨，有准假歸葬之説，或旦暮可覿道儀，容聆面教。奈此生於四月終旬將返故里，恐不能待便請台教。佇候回示，如用此人，不妨至期尚人招之。

臨緘依依，不盡瞻切。

復趙總督書 丁未

久叨老先生知愛之下，鄙情屢瀆，概蒙注神，曷勝銘佩！

先太母靈柩權厝江寧，亦可慰老先生目前孝思。至先太翁塚上栽植稍稍成林，週圍培補尚須徐圖可耳。老先生當此軍國重任，而刻刻留意先隴，誠堪敬仰。但愧才識闇陋，未足上副台委，每切悚惶。

客冬有撫寧王令致祭尊塋，倉卒至關，即刻行禮，未及趨陪，隨致札愆謝矣。近聞永道錢僉憲又將來關設祭，俟臨時陪侍，另容報命也。

疊承腆惠，肅緘鳴謝，附候鴻禧，統惟鑒存。臨楮瞻切不盡。

致趙總督書 丁未

前此一札，托涂官之子賷送復謝，想已上呈台覽矣。

兹於孟夏望三日，永道錢僉憲果因邊工公務，率其子全詣尊塋致祭，且指授以培補之方。當有陳關廳在享堂搭棚，催卓椅家事，俾某得聊備薄筵，一款錢喬梓併其從役，淹留竟日，少以仰副台委也。祭品禮單已付曾、李二家子弟收頒報命訖，特此奉達，伏乞便中答謝。

又聞老先生爲國焦思，形體憔悴，深壓愚慮。尤望節勞自玉，以爲蒼生托庇之地。至尊塋諸事，俟秋間共來使商確補闕，萬勿過費尊神。臨穎懸切，瞻慕不盡。

復趙總督書 丁未

春夏之交，便附小札二次，想已俱登典記矣。

兹接來諭，言及沈家園一事。此園久屬官地，見在關廳掌管。即向陳別駕商之，隨取沈貢生一呈，批照准還原主訖。當有撫寧王縣令躬詣關門來商此事，遂委役同衆立約，給價銀二十兩以成之。此銀某同李將官厝付，而王縣令堅意代出。且園地入官已久，而陳別駕慨然歸還，若論時值，可鬻多金。而沈貢生輩情願送上，因不便管業，止留此數。凡皆老先生盛德深厚所感，故人皆喜輸而樂效之也。

向者所修享堂切近尊塋，此地在享堂之南，中隔一路，兩旁間有人家丘墓，或合或分，仍須詳議。但舊享堂原係崇興寺香火地，彼時雖量給布施，猶許別求一地補還，迄今已數載矣。伏乞台裁，以何處地照分數補之，以實前言可也。

前永平錢僉憲致祭貴先塋後，近又有石門路文將官、永協右營溫將官相繼致祭，皆李將官治席款待，召某相陪。統此附聞，餘容嗣悉。臨楮神馳不旣。

致錢道臺書 己酉

向者老公祖台駕臨關，過承枉顧，兼邀鼎愛，鄙忱未申，迄今耿耿。

今學臺公祖按試此方，治某夙附年誼之末，一時避嫌未敢通候。奈山海入學十五名，乃某同敝年友穆賓日托前任宋道尊，轉致前任熊學臺所定之數。又以撫寧衛歸併山海，因而遂爲定額，已歷三案。此番考取止十二名，尚缺三名，恐後援此爲例，復之誠爲不易。懇祈老公祖代達學臺公祖，乘此考案初發，倘蒙開恩復其原數，世世沾被不朽矣。

冒昧具瀆，伏冀留神。諄禱不旣。

致督學蔣綏庵書 己酉

闊別老公祖年臺十有八年矣。治某病廢林泉,日滋衰朽。老祖臺翊贊皇猷,陶鑄多士,指日巍登秘閣,霖雨寰區,視不肖某真不啻雲泥之隔也。

向來文宗專司衡文,今老祖臺提命攜示,諄切懇至,儼如父師之誨,諸生何幸際此奇緣耶!遙望台旌駐蒞敝郡,愧殘軀弗克遠涉,一覩清輝。值此事竣將歸,尚仰代叩華階,恭申候悃,伏惟垂鑒。

外有小刻奉祈郢削,倘蒙不吝瑰琰,一錫弁言,庶鄙俚之音附橡筆後,得邀大方之一噱耳。

恃愛冒瀆,統望注神。臨楮瞻依,馳慕不一。

改訂詩稿二百餘字。

復趙總督公子書 己酉

令先君老先生功高德厚,烜赫當代。方恃為朝廷倚重,何期一旦長遊,洵足為寰海蒼生慟,豈僅為鄉邦親友戚耶?傷哉痛哉,天何不少留我哲人哉!然生順沒寧,騎箕尾以歸上蒼,亦足為賢昆玉慰也。伏願節哀自愛,勉為繼述顯揚地,望切望切!

客冬捧來諭,滿擬掃榻以竢光臨,不意台旌遄返,徒懸耿注。李將官到,奉令先君命造神道碑一通、塋前牌坊一座。與石工井天祐、王明亮等講明工價銀一百四十兩，支過八十兩，下欠六十兩。拉價八十兩，關上付三十兩，都中又給五十兩，此價聞已交完。今將碑併座俱拉至文殊庵右，牌坊拉至尊塋，但未細製耳。某前收王副戎修墳銀一百兩，又存園租銀十兩，俱付李將官轉給工人訖。彼時曾具小札，即托李將官以達令先君，未知至否？

兹奉總憲白老公祖差官抵關，重以二位老親翁之命，隨同關廳陳公，面喚石工至舍，問明顛末，特此具復，伏希鼎照。差官到時，適往石門西山上爲敝業師送葬。來人久待，速旋，匆匆弗及詳布，弔奠之私，尚容續申。臨穎不勝悲感惓依之至。

啟

公候楊關廳送新生入學啟

伏以泮水藻芹芳多士，仰泰山北斗；宮牆桃李茂群材，矜繡虎雕龍。瀚海騰祥，角峰獻瑞。恭惟老公祖台臺蘊深康濟，譽重循良。姝土誕賢，蚤鍾靈於嵩嶽；灤津分守，特借鎮於榆關。蒼黔頌愷悌弘聲，衿佩沐鈞陶雅化。洒當慈父下車之後，正值諸生發軔之初。闢虞門而亮采，未滿一人；開唐舘以登瀛，更增三士。

某等傳經寡術，啟後絀謀。猥叨樂育之懷，勉衍書香於子姓；共荷栽培之德，廣敷文教於膠庠。謹詹某日，肅庀犧尊，祗迎鶴駕。其旂筏筏，其聲噦噦，欣承色笑於一堂；其馬蹻蹻，其音昭昭，會慶風雲於萬里。惟祈枉顧，曷禁翹瞻。

再候楊關廳送新生入學啟

伏以景運弘開，學校係明倫首務；風猷肇起，文章爲華國先資。培育多方，英賢兢奮。恭惟老公祖台臺仁慈使衆，寬裕作人。傳經養邃於蘇門，詩書奏效；從政化孚於榆塞，雞犬獲寧。修整黌宮，椶梱與茆芹生色；振揚賓飲，紳衿偕几杖承牀。

薪檟繼興，鸒髦再見。謹詹某日，敬飭鱒觴之役，肅瞻燕笑之光。教思無窮，容保無疆，此日樂和風甘雨；成人有德，小子有造，他年卜威鳳祥麟。

候劉廳尊送新生入學啟

伏以鐘鼓振橘門，萬里風雲開景運；衣冠集泮水，九天雨露兆禎祥。衿佩增榮，蒼黔生色。恭惟老公祖台臺文章華國，勳業匡時。科名荷先世崢嶸，經傳伊雒；聲望負中州碩俊，烈肇平灤。榆關首藉徽猷，蘭署行抒偉略。

兹當諸士奮興之始，實賴多方教養之餘。小大共被鈞陶，文武同登化域。謹詹吉日，恭迓台旌。爰邀燕笑之光，益篤栽培之慶。成其德，達其材，此日仰泰山北斗；居乎仁，由乎義，他年備舟楫鹽梅。伏冀賁臨，曷勝欣忭！

賀王郡丞陞太原太守啟

喬擢由灤水,蒼黎承棠廳之輝;澤流普晉陽,草木洽雨膏之潤。恭惟老公祖循良福衆,經濟匡時。佐治歷五年,遐邇孚深仁厚德;崇階躋一旦,謳吟切遺愛去思。兩岐獻瑞,業呈孤竹之墟;五袴興謠,佇遍陶唐之域。太原,古堯都。

治某弘宇夙叨,慶生懽悃;微芹尚布,情展賀私。朱旛皂蓋,方資保障於雄都;鳳閣鸞臺,行借謀猷於上國。伏惟鑒納,不禁瞻馳。

候趙關廳送文武新生入學啟

伏以山城欽樂育,群材矜虎豹之文;海國仰噓培,多士沐魚龍之化。人懷燕喜,家慶鴻庥。恭惟老公祖台臺壯略匡時,大猷協衆。世業簪纓,靈秀夙鍾於西郡;弘仁愷悌,恩膏單被於東陲。賢聲久著榆關,令譽行騰楓陛。復循禮樂干戈之訓,爰造菁莪樸棫之規。或干城,或好仇,或腹心,盡舟楫鹽梅之具;曰疏附,曰奔奏,曰禦侮,皆熊羆螭虎之倫。

敬詹翌日吉辰,特候鶴軒枉顧。伏願星言偣駕,俾小大共覿輝光;尤祈風動芹宮,將才德同承色笑。謹啟。

賀彭太守陞肅州兵憲啟

伏以孤竹景清風,惠政覃敷遺愛遠;三秦邀化雨,徽猷弘被湛恩深。

闆郡歌思，遐方慶戴。恭惟老公祖台臺循良造福，康濟垂庥。蒞南郡以躋平瀠，五袴兩岐騰閭里；晉西陲以專屏翰，揆文奮武慰蒼黔。權時秉憲歷封疆，佇見握樞遊殿閣。

治某岍嵊已久，懽忭尤深。茲藉鴻毛，爰伸燕賀。伏希崇鑒野人之鄙悃，俯賜哂存；更望曲原林下之疏儀，併從汪宥。臨楮不勝瞻溯馳神之至。

賀海防營甯都閫啟

恭惟老親翁台臺雄威振世，弘略匡時。奮師中之武，壁壘皆新；彰海外之靈，鯨鯢俱遁。介馬揚旌，已著專征之績；建旆秉鉞，旋登大將之壇。

聆軍政而神馳，望轅門而色喜。特申菲獻，少展賀私。伏願原桑梓之情，俯垂睞注；鑒野芹之悃，曲示茹涵。謹啟。

賀宋道尊陞甯紹大參啟

駿烈遷喬，萬姓仰屏藩之績；鴻聲播遠，四方期勷弼之猷。恭惟老公祖年臺熙朝碩輔，盛代通儒，嘉謀夙著司農，雄略繼抒西鄙。平營被化，碣石高而瀠水澄清；教養殫心，士風淳而蒸黎徧德。

茲值晉階之喜，會當浙省之行，虔具芹儀，恭伸賀悃。倦攀借之無從，徒滋瞻慕；羨勳伐之有赫，重荷欣榮。伏冀笑存，曷勝翹佇。

賀路太尊壽啟

　　萬寶告成，瑞映交梨火棗；一輪布彩，光澄瑤島蓬洲。恭惟老公祖鶴筭綿祥，松齡集慶，茀祿與豐年併兆，聲華將秋月偕新。

　　某等躬荷栟櫹，情深欣忭，聊備一芹之獻，恭伸三祝之忱。垂久大之謨，化孚衿佩；贊靈長之祚，澤被蒼黔。伏冀鑒存，曷勝瞻企。

賀錢道臺啟

　　伏以惠澤普灤江，千里仰屏藩之偉樹；威聲揚瀚海，一方荷保障之訏謨。黎獻騰歡，蒼黔衍慶。恭惟老公祖臺臺弘材濟世，隆德宜民。鍾地靈之精粹，業懋皋夔；承家學之淵源，望高伊呂。長略裕旬宣，暫借盧龍塞上；大猷優匡弼，竚躋丹鳳樓中。

　　治某迂腐庸流，衰殘陋質。幸庇栟櫹之下，情切瞻依；謬叨光被之餘，惆悵芹曝。伏願俯原雀躍之私悰，概從汪宥；勿哂鴻毛之韜襮，曲示笯存。治某不勝欣忭翹企之至。謹啟。

賀王縣公壽小啟

　　伏以瑞氣遍花封，百里河山開壽域；祥光分榆塞，一方黎獻樂春臺。稱觥拜祝神君，介祉歡呼慈父。

野人之悃，聊資芹曝以相將；仁者之年，願擬升恒於有永。伏惟鑒納，不盡瞻馳。

代許君錫答李副戎聘啟

伏以佳彥賁寒廬，玉筍班中諧伉儷；名門連下里，金蘭譜內結絲蘿。喜獲人龍，協占屏雀。恭惟老親翁大人台臺略擅孫吳，功高頗牧。弘材兼以碩德，盧龍作六蓼先聲；緯武重以經文，丹鳳服一經至教。

賢郎家珍久席，業已茂於成均；弱息姆訓方承，儀未嫺於閨閫。乃荷蘋蘩之寄，實爲葑菲之求。幸詹尹之迪吉，庚甲相宜；紹王謝以偕芳，門闌有慶。捧誦華緘，克敦永好。恭承重幣，仰答徽音。寶牎覓英才，此際佳期偶鸞鳳；東牀欣快婿，他年祥夢兆熊羆。

伏冀鑒原，曷勝馳慕。謹啟。

代許子文答李副戎啟

恭惟老伯翁大人盛世金湯，熙朝台鼎。雄風開八面，已列熊羆螭虎之班；霖雨遍九垓，行躋舟楫鹽梅之任。朝廷倚重，撐持半壁封疆；寰海具瞻，遍濟群黎保障。

晚某迂疏末品，卑瑣平流，粗承鯉訓之勤，幸托龍門之闊。不遺樗櫟，謬附蔦蘿，俾舍妹協配賢郎，將不肖叨稱猶子。華函炳蔚，頓令蓬蓽呈輝；厚幣煒煌，直使門闌生色。將相原有種，箕裘永紹於千秋；福慶廣無疆，瓜瓞常綿於百世。

欣蒙餘廕，喜沐殊榮。謹啟。

公候陳廳尊送文武新生入學啟

伏以璧水景鴻猷，勳業肇山城海國；頖宮欣駿烈，彝倫表地義天經。勳變方新，薰陶有漸。恭惟老公祖台臺南省名賢，東甌碩彥。慈祥福衆，巖關騰愷悌之聲；樂育作人，閩郡懋循良之譽。功高專閫，前徽久已著龍城；秩重分符，別駕詎能伸驥足。殫心飭樓榭，文星借鐘鼓以揚輝；雅意繕宮墻，魁宿映藻芹而生色。由是羽籥戈戚並奮，因而詩書射御同登。讀孔孟遺書，名埒【一】虞廷之牧；肄孫吳鈔略，數浮唐舘之英。

撫茲諸士之栽成，端賴大賢之鑪冶。謹詹某日，肅理芹馔，祇瞻色笑。躋堂稱觥，聊盡野人之悃；奉命承教，重叨尊者之光。修文德，纘武功，共願壎篪叶伯仲；燦春華，斂秋實，尤期龍虎會風雲。謹啟。

校按：【一】埒，原作"抒"，今改。

呈

乞存衛學呈 代闔學

呈爲衛分各地不同，學校歸併未便，懇祈轉詳仍舊，以慰寒士，以勵儒風事。

切照山海一學，自明初與衛並設，應試生童俱係本衛九所之人，從無冒籍之弊，已三百年於茲矣。今奉旨通查衛學，應否歸併附近州縣。伏念山海之視他衛，事實有萬萬不同者。山海自立學以來，士風頗淳，科名寖盛，在東鄙號人文之區。見今如佘、穆二禮部，新科程進士，皆關門由來土著之家。此外舉貢知名之士尚自有人，併無一籍貫不明、濫竽充試者。闔學生員近三百人，每考進學二十餘人，定爲中學，相沿已久，其不可歸併明矣。

且關門土瘠民貧，士恒懷北門終窶之嘆。附近州縣，遠則二百餘里，近亦在百里外。萬一歸併，飲射讀法，勢難遙涉，恐人才不免淪落之虞，非所以獎進後學、敦勵儒風也。況我大清定鼎，榆關首歸，在本朝托爲興基，在天下倚爲重鎮，形擅山國、海國四塞之勝，地介順天、奉天兩京之間，豈可不留學宮片地以收育群材，而令鞠爲茂草耶？

伏乞熟按事情，俯採末議，將山海衛仍前自立一學。既省紛更之擾，復弘作養之門，造就栽培，匪淺鮮矣。爲此理合具呈，須至呈者。

具呈，廳、府、道轉申仍舊。此後併撫寧衛共爲一學。

公舉鄉賢呈 代闔學

呈爲公舉崇祀大典，以表令模，以鼓盛化事。

切照人倫以孝友爲大，風俗以篤謹爲先。至若有德而兼有爲，立身而能立品，誠足俎豆廟庭，孚協輿論者也。如前朝議大夫、尚寶司卿、從四品服俸程繼賢，心存忠厚，誼茂溫恭，性全彝秉之良，身任倫常之重。事父不諼昆仲，曲盡養生送死之禮，建坊表百歲榮封；愛兄勿替終身，備殫撫孤恤眷之情，完產竭千金復業。捐杉木，犒兵丁，特著急公之義；却夜金，周旅匱,不忘久要之言。抗論去催頭,閭衛小民戴德;交游不挾長,同鄉後進傾心。

平生訓其長男、今進士觀頤云:存好心,説好話,行好事,近好人。雖古哲授受之詞,前賢義方之誨,不是過也。晚年守官京師,不臣服於逆氛,幾遭捶死;去位僑居津衛,不屈節於土寇,遂至捨生。此尤其烈烈生前,凛凛没後者矣。

衆論咸推,允宜廟祀。伏乞俯採輿情,丕彰令德,特賜轉申崇祀鄉賢祠,春秋祭享,庶名哲不俾久湮,而人心知所激勸。風化攸關,匪淺鮮矣。爲此合詞具呈,須至呈者。

聯

儒學大門

面海背山,天地精華鍾勝域,濟濟蹌蹌,羨一代人文誕秀;
左遼右薊,古今經籍衍薪傳,彬彬郁郁,慶萬年邦國凝庥。

儒學二門

義路禮門,遊於範圍之中,彌收斂彌覘作用;
民胞物與,通乎宇宙之大,愈發皇愈見精微。

文昌祠堂

流化人間十七世,綱維名教;
握樞天上億萬年,啟佑斯文。

賓興堂前

大海鼓長風,龍躍蛟騰呈變化;
高山蟠仙桂,鵬飛鳳舞煥文章。

堂　　上

上國重英材,東壁西園,喜多士共登雲路;
盛朝開文運,春華秋實,樂群賢同奮瀛洲。

儀　　門

魚躍禹門,欣見桂芬揚秋月;
鹿鳴周宴,佇看桃浪振春雷。

天　　橋

天上彩雲飛彩鳳；
月中仙桂屬仙郎。

蟠桃寺山門

瞻東嶺白雲疊嶂崔嵬伏虎豹；
挹西山爽氣清流浩淼隱龍蛇。

來　公　祠

碧海永傳却餽節；
青山長表愛民心。

關帝廟戲樓

梨園子弟聲歌報賽桃園節義；
清世人民香火闡揚漢世威靈。

附　錄

佘一元詩文輯佚

重九登首山

佳節宜登高，杖履首山隅。冠蓋集僚友，紳儒接歡娛。大海亘蒼茫，層巒積崎嶇。一水紆曲流，怪石蟠覆盂。樵採互來往，煙雲乍有無。古廟羅盤餐，亭趾飛濃醐。樵豎向我言，猛虎初負嵎。醉後膽愈壯，叱咤憑高呼。【一】薄暮聯鑣散，山空秋月孤。

校按：【一】此句康熙十八年《永平府志》及抄本《山海關志》作"醉後厲聲呼，我輩叱咤驅"。

霖雨感懷

陰雲瀰四野，霖雨滋連緜。百感從中來，憂思愁且煎。天道無從問，人情何太偏。忠言頻見拂，苦心祇自憐。落落餘清靜，切切罷糾纏。無怪古達人，醉裏就逃禪。閉户移高枕，啣杯玩往編。朱華明灼灼，碧草鬱芊芋。寓目瞻遊鱗，傾耳聽鳴蟬。得句即疾書，烹茗汲冽泉。是非委諸世，成毀聽於天。嘿嘿守吾素，聊以盡餘年。

詠　　史

天生嚴子陵，特存一字耻。耻爲寵利羈，耻爲浮名餌。耻稱故人臣，耻玷千秋史。加足不知僭，幣聘不知喜。客星太史占，釣臺天下企。秦士賤成風，漢興未能已。先生一奮間，舉世卓然起。共知名義尊，奸雄失所倚。假使用當時，不過曳青紫。巍巍軒冕榮，有成終有毀。何如歸富春，萬古肅綱紀。先生節莫儔，光武識罕比。以大遂其高，吾無間然矣。

述舊事五首

明季干戈起，普天亂如麻。厄運甲申歲，秦寇陷京華。莫春徹遼民，塹倚關爲家。吳帥提一旅，勤王修轒輅。進抵無終地，故主已升遐。頓兵不輕進，旋師渝水涯。遣人東乞師，先皇滋歎嗟。案，是時世祖即位踰年，詩作於康熙初年，故稱先皇。墨勒方攝政，前期飭兵車。馳赴千餘里，一戰靖塵沙。

吳帥旋關日，文武盡辭行。士女爭駭竄，農商互震驚。二三紳儒輩，蚤晚共趨迎。一朝忽下令，南郊大閱兵。飛騎喚吾儕，偕來預參評。壯士貫甲冑，健兒擁旆旌。將軍據高座，貔貅列環營。相見申大義，誓與仇讐爭。目前缺犒賚，煩爲一贊成。

倉庫淨如洗，室家奔匿多。關遼五萬衆，庚癸呼如何。事勢不容諉，捐輸兼斂科。要盟共歃血，士民盡荷戈。逾日敵兵至，接戰西石河。僞降誘賊帥，遊騎連北坡。將令屬偏裨，盡殲副城阿。遙望各喪魄，逡巡返巢窩。我兵亦退保，竟夜警巡呵。

清晨王師至，駐旌威遠臺。平西招我輩，時吳帥已封平西伯。出見勿遲回。馮祥聘吕鳴章曁曹時敏程印古，偕余五騎來。相隨謁攝政，部伍無喧豗。范公文程致來意，萬姓莫疑猜。煌煌十數語，王言實大哉。諭畢復賜茶，還轡向城隅。虎旅三關入，桓赳盡雄材。須臾妖氛埽，乾坤再闢開。

平西封王爵，大兵遂進征。群醜皆宵遁，一舉收燕京。朝廷録微績，親友俱叨榮。莒州乏刺史，承乏促我行。母制適未闋，具請代剖明。銓部憐垂鑒，允遂蓼莪情。丁亥博一第，筮仕心怦怦。秋署歷儀曹，病免服農耕。長願干戈戢，萬載頌昇平。

南城眺望

山城臨海嶠，遼塞拱燕京。王氣來東土，雄關肇北平。三韓雖罷賦，九有未休兵。瞻眺生餘感，興懷今古情。

哭李赤仙二律 有序

甲申之役，流寇陷京師。平西伯中途聞變，旋師山海，各官星散。寇氛日熾，聲言攻關甚急。維時內無軍需，外無援旅，人心洶洶，不保朝夕。余友茂才李赤仙倡義，同高輪轂、譚邃寰、劉泰臨三茂才，劉臺山、黃鎮莽二鄉耆，願身赴京師說綏其師。行至三河，卒與寇遇，乃羈六人於營。至關,與平西接戰竟日。次晨,大清兵至,寇遁去。赤仙與四人沒於軍。高輪轂亦余友也,身被重創,幸免得歸,錄功授縣令,陞郡丞。赤仙暨四人無聞焉。是冬,其嗣傅天、翮升、文祥輩製櫬招魂,葬於其祖塋側。余爲作詩以哭之。

十八年前天地更,書生走馬赴軍營。但求問鼎干戈息,豈料焚岡玉石傾。草木含悲朝日慘,邱園隱恨暮煙橫。賢郎製櫬招魂葬,淚灑西風故友情。

憶昔同遊幾歷年,誰知中道運顛連。先聲已致敵兵遁,左袒誰持將令傳。時平西傳令,係我兵白布蟠肩。興漢莫伸紀信績,破齊難保酈生全。諸郎繼起皆英儁,福善冥冥應有天。

祝太乙將軍

丈夫意氣貫虹霓,勳業鴻開振鼓鼙。天寵頻承三錫重,大猷堪與六韜齊。滇南幕府銘鐘鼎,薊北蘭交陽澗谿。萬寶告成逢令旦,一杯遥上五雲西。

按《盛京通志》:"胡亮字太乙,遼東人,榆林籍。隨父寄居山海關,材勇過人。爲將校,累建奇功,歷官副總戎。明末寇陷都城,關門舉義,亮與其謀。石河之戰,出奇制勝,績載盟府。擢光祿大夫、哈思哈尼哈番,卒諡忠敏。"先生有贈太乙詩云"歃血要盟演武堂,矢志合謀約共舉",又云"書生原不諳軍機,措餉抒籌供指揮",則太乙爲先生舉義時同事也。

次韻宋荔裳之浙憲任

野人私願在年豐，疏節趨承任首蓬。秉憲一方施化雨，荷鋤百畝被仁風。近聞行色攜琴鶴，別後音書託塞鴻。君自壯猷吾退老，湖山遙憶兩情同。

追述二首

夙備儀曹一小臣，每從朝廟望清塵。大婚侍宴鵷班喜，親政恩頒鳳詔新。較藝南宮司藻翰，典闈東閣奉絲綸。病餘甘赴邱園老，回首寅恭愧古人。

五年郎署謀猷淺，兩代褒封誥命隆。增秩已隨卿尹後，廕男復育辟廱宮。天顏瞻仰欽高厚，地勢懸違限異同。身退鼎湖龍去遠，追號迸淚灑西風。

夏日閒居

暑月坐前軒，白雲散清晝。誰謂爾無心，出岫仍還岫。

（以上錄自《永平詩存》卷一。）

澄 海 樓

海樓高聳勢巍峨，暇日登臨樂事多。巨浪無心含島嶼，洪濤有意納江河。陰晴變處情形異，晝夜分時景色和。此去蓬萊應不遠，長空一望盡烟波。

午日登朝陽洞

野興久不發，隨衆一高登。病軀怯攀躋，凭僕須漸乘。群公業畢集，待我事儼承。蓮宮瞻禮畢，古洞羅烹蒸。飽食轉西廊，列嶂積崚嶒。芳樹環巨石，臺砌揖同升。艾葉採斜插，蒲觴酌互騰。樂奏邊城曲，情聯道義朋。醉翁非爲酒，昌黎豈奉僧。歡娛盡此日，世事究何憑。

登 首 山

欝懷歷久未登山，晴日同遊開笑顏。列嶂參差烟霧靄，一川環繞水雲閒。巍巍神宇層臺上，翼翼孤亭落照間。綠樹覆陰花放蕊，暮看黎首荷鋤還。

又

林下生涯借勝遊，雲山渺渺水悠悠。南瞻大海波濤湧，北顧群峰蒼翠浮。芻牧牛羊遵隴陌,耦耘禾黍徧田疇。臨風把酒陶然醉,策蹇歸來似汎舟。

（以上錄自康熙九年《山海關志》。）

登首山亭

攬勝瓵高亭,重巒繞翠屏。閒雲挂遠岫,澗水漾寒汀。平眺海波碧,環觀峰色青。啣杯逸興發,長嘯動山靈。

聯峰海市

山寺晴封翠色高,春風雨後放夭桃。杜煙一帶人家靜,雪浪千層晝夜滔。審視蜃樓欣鼓興,縱觀海市醉持鰲。清光水景莫疑幻,隱現群仙泛海濤。

（以上錄自康熙十八年《永平府志》。）

和弔趙烈女

荒邊一處子,秉節意何深。烈志驚前哲,高風動士林。孤墳垂已舊,坊表照於今。一片石長在,留旌一片心。

秋杪遊金山嘴

金山一望碧雲天，秋杪周遊大海懸。關鎮東臨環紫塞，聯峰西峙靄蒼烟。崔嵬古廟汪洋際，兀突荒臺浩渺邊。怪石嶙峋如鳥喙，滄波探飲不知年。

（以上録自康熙《撫寧縣志》。）

《山海關誌》小序

山海舊無誌。有之，自德平葛公始，蓋明嘉靖乙未歲也。葛公屬筆於鄉先達詹角山先生，公雅重先生，不復更訂，隨付剞劂。越六十三年，萬曆丁酉，南城張公述舊編而增定之，一一出自手裁，視昔加詳矣。又歷十三年，商州邵公從而續之，不過補其所未及，匪云修也。至崇禎辛巳，虞城范公任關道，合所屬而重加纂輯，命曰《山石誌》，其距邵公誌又三十年矣。

踰三載，天命改革，大清繼統，從前規制爲之一變焉。二十七年以來，聲名文物奕然改觀，若不亟爲紀注，後此幾不可問矣。督學蔣公托僉憲錢公以轉屬於關別駕陳公，陳公又偕路帥、衛司篆二陳公同造余廬而就諮焉，以余與修《山石誌》，略習夙典也。蓋《山石誌》成於搶攘中，多舛錯，未經考訂，至今切切於懷。兹奉諸公之命，夫曷敢以固陋辭？爰是合四誌之所載，参以郡乘，採諸群書，訪於衆見，凡三閱月而書成。先繕寫二册，請正於蔣、錢二公，然後發梓。匪敢謬附前賢著作之末，聊以備後人之蒐擇耳。

竊追憶此誌,自角山先生始主筆,迄今百三十六稔矣。昔人皆淪沒已久,其間與修邵公誌者,僅存吾鄉呂夔翁一人,年已八旬有五;與修范公誌者惟余不肖而已。文獻不足,古今同慨。語云:"賢者識大,不賢識小。"余亦僅識其小者,以聽大方取裁,又曷敢避固陋之誚,以負諸公惓惓之意乎?

余爲是書,不敢泯前人之功,爲敘其原委如此。是役也,海營馬公與有力焉,聊附及之。

康熙庚戌仲春中浣之吉,郡人佘一元書於讀古齋中。

(錄自康熙九年《山海關志》。)

重修昌黎廟學碑記

夫營建而立碑,志不忘也。將使後人遊其地而讀之,知其創造者何人,重修者誰氏,一舉目而釐然,所以紀成績而興嗣緒也。

昌黎之廟學建於元,歷明以迄今,其間頹而治,治而頹,蓋數數矣。夫日月易邁,漂搖剥蝕者有年,遂令枯楹溜雨,敗瓦颺風,門缺全扉,環無完堵。師生共處,莫不感歎,欲修葺而無資。幸順治戊戌秋七月,郚潛劉公聲玉以郡司李攝篆於邑,行釋菜禮,目寓之而慨然縈懷,謂:"昌黎材藻之藪,人文蔚興。而學宫堂宇庫陋毁墜,曾不及浮圖外説克壯厥居,可乎?顧安所得資乎?"

適仙臺之椒有步欄,爲天妃祠。每歲十月,境内外旁及他邑,樹靈旂,鳴社鼓,群聚而禱祀者立如鶩。舊日長令設胥以榷之,入其緡於官,沿爲例。公知其事,慼然不寧。邪説不可誣民,況利其貲乎?革之則倍難卒易,仍之則身不忍鏨,却之則貨惡其棄,因喟然曰:"吾知所以善其用矣。夫一阿堵物耳,私之則傷廉,公之則□義,以之奉淫祀則滋惑,以之飭□序則反經。其所以轉異說而扶正教者,其在斯乎!於在斯乎!"

於是括而算之,可五百緡,悉籍記而歸之學,辦置物料以爲重修之費。學博上谷曲水孫兆楨、都門王渠,即進庠廩孫時來等而謀之,急爲經營相度,諏吉興作。隨擇其諳練有守庠生周家珍、張國珍二茂才以董理之,剋日鳩材,按傭給值,司斤者問匠氏,司埴者問陶人,司錙奋者效奔走。先明倫堂,次敬一亭,而柱之礎之,棟之甍之,垣墉之,搆茨之,瓦縫參差之,鍼頭磷磷之,塗墍丹彩之觀美矣。

乃戟門未飭,宮墻傾敗,尤非所以肅廟貌、妥神靈也。復捐貲以庀木石,乘時以僦工役,旬日內端嚴□麗,氣概一新。廟自戟門外皆重葺之峞巍也,堂自明倫而後皆新開之丹堊也。階無蔓草,廊無塊垣,松森柏蔚,佳氣鬱葱。門翼翼而宮巖巖,堂殖殖而亭閑閑。泮水鍾兮清且漣,芹藻榮兮色芊芊,文明運啟兮靈傑筆於斯焉。

夫《詩》詠頖宮,頌魯侯也;史稱興學,美文□也。今劉公冠冕人文,提獎多士,崇文課藝,分糈餉士,實鼎革以來所未有,非雅意名教者乎?

是役也,縣幕王懋亦與勞焉,故皆得詳書諸石,以俟後之遊斯學而讀碑者。順治六年。

白雲山慶福寺修建大雄寶殿碑記

佛生西域,漢明帝時入中國,其教寖盛,深山窮谷中,靡不崇奉尊事之。夫深山窮谷,以之陳俎豆、設禮容,人皆駭而避之矣;以之演梵音、談內典,人皆習而安之矣。故舜深居深山之中,與木石居,與鹿豕遊,此時深山之野人，他日明堂之聖人也。當其在山，舉植者、峙者、角者、喙者，相與純純悶悶、狉狉榛榛焉耳。意佛之宜於山也，亦若是乎？蓋山主靜，佛之修曰靜修，悟曰靜悟。人心靜不至於昏，世道靜不至於亂，凡天地間靜境即佛境也。

石門東北有白雲山慶福寺，前此未有也。僧圓真道戒夙成，能以寂靜苦行感衆，創建於明季清初，迄今蓋二十餘載於兹矣。締造之舉不藉持募，人爭助之。業已搆觀音大士殿五間，輔以耳室，配以兩廡。又搆毗盧佛殿五間，其耳室、兩廡亦如之。順治己亥【一】，修建大雄寶殿五間，中奉以釋迦世尊暨諸羅漢果，耳室六間建造如前，而閎整過之。工雖未竣，而氣勢巍峨，規模壯麗，居然深山中一禪林也。守山僧索余言一記其勝。

常論佛稱聖西方，亦自修自悟耳，何與於人？而奉之者謂惟其能福人也。抑知佛之福人由於自福，其自福也，曰靜而已矣。《易》曰："吉凶悔吝生乎動。"人生日用，何能廢動？要惟動本諸靜，而動斯吉焉。佛能錫人以福，豈能假人以靜耶？苟人能師佛之靜，福已隨之，是即佛之福之矣。諸葛武侯有言曰："學須靜也，才須學也。"惟淡泊足以明志，惟寧靜可以致遠。不然，庬雜震撼惑於中，膠擾糾紛縈於外，欲以幾佛之福，不亦難乎？是人之奉佛，佛之依山，惟其靜也。

静之一言，以之誌山，以之詮佛，併以告天下之悉心佞佛者。是爲記。順治十七年。

校按：【一】己亥，原誤作"乙亥"，今改。

角山棲賢寺會碑

榆關北角山有寺曰棲霞,或曰棲賢云。寺之從來,蓋已有年。正殿奉觀音大士,而配殿、山門、廚齋、僧舍鼇然與群峰掩映,蒼松翠柏,古碣石泉,參差秀麗,依山面海,洵關門一名剎也。巖山之巔昔建有山海亭,乃部使陳公欽同鄉先達蕭公顯、鄭公己所搆。又有望京亭,乃部使葛公守禮同鄉先達詹公榮所搆。今二亭早已傾圮,而記之載在舊誌者猶可考也。且山巔鎸有蕭公詩,寺中留有鄭公記,雖歲久漸就剝落,而苔蘚浸漬間猶可想見昔人手澤之所存。且詹公讀書其中,別號即爲角山先生,因知此地實前賢往來棲止之區。寺之由棲霞更名棲賢,豈以是耶?

嘗聞觀音大士現身說法,爲世【一】人救諸苦難,佛門尊之,猶神之有關侯,仙之有呂公也。故大士救人之苦,必先自具苦心。此段苦心,必人能奉之體之,而大士斯能救之,不然大士亦祇自苦耳。大士救人而致令自苦,勢且不暇救人而姑自救。夫大士能救人,使不得已而以救人者自救,則人將奚賴耶?若人各具苦心,各思自救,而大士之心慰,大士之力亦必綽然有餘矣。吾願人之自救苦難,以無負大士現身說法一段苦心、一番苦口也。

寺前此僻處山隅,香火稀曠。僧常元能殫力焚修,悉心感化,邇來殿宇增新,崇奉日衆。每於二月十九大士誕日,糾有數會,會各數十百人,號佛進香,闡揚視昔加盛焉。會首王化虎等率衆發願豎碑,求余言一誌其事。余謂:"爾諸人知奉大士,亦知所以奉大士者乎?果知奉大士,必仰體大士之意,各具苦心,各思自救,庶真能奉大士者。慎勿謂徒博崇奉虛名也。"

余友程君觀頤讀書此中,戊戌成進士,今乃司教津門,似能踵蕭、鄭諸公後塵者。余猶望仰體大士,由此自救,以爲救人地。蓋吾鄉先達皆賢者,而大士之在佛門,尤佛門大賢也。然則寺之由棲霞更名棲賢,良有以夫!是爲記。康熙元年。

校按:【一】世,光緒《永平府志》作"士",光緒《臨榆縣志》作"世",今據改。

(以上錄自光緒《永平府志》。)

新建撫寧縣譙樓記

讀《北平志》,而勝跡莫備於驪邑。邑有大興築靡不載,而鼓樓舊闕其文。邑之改也,於明成化間,歷幾二百稔,不聞經始者何與無以爲斯邑肇造。城廓樓櫓一時畢興,復煩吾民,不可遽之,非數十百年未易謀也。

康熙六年,秭陵王侯來牧茲邑,政平時豐,與民休息。既而環顧四邑,見其蜿蜒飛舞之概,屏列拱立之儀,倘非巋乎其中,矗然直上者,不足挹取全勝,稱巖邑也。屢欲面勢審材而卒止之,迺曰:"中立者頭顱也,四峙者四肢也。苟肢體不舉而頭顱是崇者,何爲乎?"邑城夙有四樓及二角樓,經兵燹之餘,皆頹廢不可收拾。而西、南二樓久廢無跡,僅存閫閾焉。侯曰:"是皆不可不先爲之,以作斯樓之權輿。"由是鳩工發廢,燒甊搆材,出俸餘以作之,倡給餼值以召之,役未匝月而群樓畢起。侯顧而笑曰:"四肢舉矣,茲不可不安頭顱。"復於邑之中途,揆日平砥,穿窿其覆而四闢其途。其下足以通車馬,而上建譙樓三楹,矗然中峙,直可近窺星漢,俯瞰川原。

而驪邑之觀，於是乎大備矣。

數役爰始於丁未六月，落成於戊申三月，計其貲費不下鉅千，而侯用纔數百，有餘裕焉。侯慈明饒幹才，凡其甃石瓦墁之需，榱角丹堊之用，匠石工役之數，皆能豫計，不失銖兩，故能刻石而成，揮斤而就也。百廢俱興，民不知役。邑廣文劉三德暨諸衿士索余言以記斯樓。

傳曰：「古今人不相及。」余觀前人重斯樓之舉，不得與城郭樓櫓並謀於全力之時，而侯起既廢之城郭樓櫓，竟與斯樓並興于凋殘之日，古今人之才相去不大逕庭乎？侯才足以振舉攝墜，茲略覩一班耳。後之君子慨興廢之跡，而今昔之殊其觀也，按志披圖，將見斯樓得與群樓並載于不泯者，則自秣陵王侯始。

（録自康熙五十年《永平府志》。）

關門三老傳

古人以長年爲瑞。商周二老尚矣，如唐之香山九老，宋之洛浦十三老，當時侈爲盛事，後代播爲美談，允足膾炙人口，而傳徽蹟於不朽已。

關門前輩固多名賢，迄今享耆德而龐眉壽者，得三人焉。樂公，諱東龍，字雲從，官至平陽郡丞，見壽九旬有二。呂公，諱鳴章，字太呂，號夔一，別號耐軒，官至隴右少參，見壽八旬有五。穆公，諱齊英，字羽宸，官至商城少府，以子貴封膳部正郎，見壽七旬有三。皆康强無異少年人。

樂公榆關舊家，其爲弟子員時即見重於當事，有事輒咨詢之。起家明經，司訓靈壽，改補雄縣，隨在教法嚴整，堪爲模範。遷府谷令，值兵亂路阻歸。未幾，起補壽張，有治聲。已擢平陽貳府，以前任忤當道解任，爾時年踰七旬矣。抵家教子撫孫，儉索自守，不干預外事。子正馥，見今歷仕畿南廣文，孫三人皆遊庠。公壽耄耋，耳聰目明，齒無缺，行健步，非所謂地行仙者耶？

呂公世襲萬戶侯，至公讓爵於弟，以遵父命；讓產於弟，以順母心。廕不予子而予姪，又爲亡姪立嗣，無非從孝友起見也。幼攻儒業，棘闈再遇未獲售，以選元授許州倅。當事重其材，俾專撫寇之任，深入寇壘，能不辱命。比旋，值降寇叛，焚劫倉庫，擄掠婦女。公躬率家丁巷戰，斬級，驅衆遁去，保全闔城，百姓咸尸祝之。尋遷京秩，以母喪歸。時當多事，撫道就商方略。一日，有悍卒謀不軌，道標鄉兵烏合輩侈言抵敵，聽者信之。公乘夜亟入幕，止曰："此屬夙號精兵，制以力必不勝，則禍及闔城矣。不若同鎮帥召其首領與議事，故延至旦，設法撫馭，可無虞也。"道鎮從之，於是得消未形之患。凡所參謀議類此。革命時，□□【一】興義旅，□□【二】，推公糾紳衿，率鄉勇，措糗糒。石河之戰，公單騎入陣，督民餉士。詰旦，迎王駕於歡喜嶺，戮力殲寇。錄功補戶曹郎，與修《賦役全書》。擢隴西道，駐鳳翔。亂離之後，民竄山谷，城市一空。公多方召徠，俾復業，民賴以安。忽忤過客，致還里，未究厥用。相國黨公重惜之，不能挽也。歸林下二十餘年，問耕讀。捐金贖所知女，撫若己出，爲擇名門嫁之。子爔如，宰黃陂，卒於旅。有孫世壇，遊楡庠，克纘祖緒。公雖世宦，清素無異布衣，暇則吟咏倡和無倦色。天之所賦，洵有大過乎人者矣。

穆公，吾鄉望族也。先世久積德，詩禮綿綿。至公有義方，教三子皆偉器。長爾謨，成進士，以部郎擢守萊郡。次爾誥，遊京武庠。季爾訓，登武鄉榜。諸孫濟濟，或遊鄉學，或躋成均。同族姪若孫輩，文武科第及明經入仕途者十餘人，諸生輩復數十人。永郡族黨之盛，無復出公右者矣。公少入黌宮，錄功授司訓，陞商城貳尹，未任，遇覃恩封奉政大夫。貴而能謙，敦義讓，重然諾。兩遊子任，晚安故鄉，恂如也。年踰古稀，矍鑠，復舉一子,壽與福詎可量哉!

《詩》云:"三壽作朋,如岡如陵。"其爲三老咏歟?

校按:

【一】康熙《山海關志》此處三字挖去,乾隆《臨榆縣志》補作"山海關"。

【二】康熙《山海關志》此處三字挖去,乾隆《臨榆縣志》補作"以老成"。

(録自康熙《山海關志》。)

康熙十八年《永平府志》卷二十人物"佘一元"條

佘一元,字占一,號潛滄,山海人。由丁亥進士,初授刑部江南司主事。以公持重端方,調禮部主客司主事,服官清正,不激不阿。陞祠祭司員外郎,遇事敢言,凡所建白,多中要綮,時以廉介聞。歷儀制司,加從四品。

告疾還里,屢徵不就,閉户著書,不事干謁。歲時立社講學,啟迪後進。關門文武諸有司重公高尚,凡有興建,莫不就訪,以決其議。至事有干於學校名數增減及地方興除大務,公更留心救正之。紳士咸依公爲師表,商民俱愛公如冬日云。

子瑜,廩生。所著有《潛滄文集》八卷及重修《山海關誌》,爲畿東名畫。

光緒《永平府志》卷五十八列傳"佘一元"條

佘一元,字占一,號潛滄,山海衛人,明末舉人。甲申之變,闖賊東逼。總兵吳三桂召一元及紳士等誓師於教場,以殺賊復讐激勵將士,令一元等登陴固守。三桂出偏師殲賊游騎於城西,慮賊衆難勝,因議請我大清兵入援。令一元暨廩生馮祥聘,鄉紳吕鳴章【一】,廩生曹時敏、程印古共五騎,迎攝政王於歡喜嶺。王賜坐賜茶,遂訂入關之約。時關城守吏皆逃,三桂所賴以練兵籌餉者惟一元等數人。

事定録功,授莒州知州,以内艱不赴。登順治四年進士,授刑部主事,改禮部,服官清正。歷擢儀制司郎中,遇事敢言,所建白多中肯綮。以疾告歸,立社講學,謂《大學》格致即在朱子《小學》一書。嘗著《四書解》一卷,頗能闡發精義。

居鄉遇地方興革要務及事關學校,必力爲救正。順治己亥,學使將按永平,時有裁衛學之議,又有衛學减額之説,士林惴惴。一元致書於通永道宋公琬,宋公轉致學憲,山海衛學遂取十五名,而各縣止取八名。衛學不至裁减者,實其力也。

所著有《潛滄集》八卷、《山海衛志》。康熙二十九年,祀鄉賢。參録《畿輔通志》《潛滄集》。

校按:【一】吕鳴章,原誤作"吕鳴夏",據佘一元《述舊事五首》《關門三老傳》改。

《四庫全書總目》"潛滄集"條

《潛滄集》七卷 直隸總督採進本

國朝佘[一]一元撰。一元字占一,號潛滄,山海衛人,順治丁亥進士,官至禮部郎中。是集卷一爲《四書解》,卷二至卷六爲雜文,卷七爲詩。其《次韻答張築夫》詩有"良知自是姚江旨,躬秉幾亭夫子傳"句,附載張贈詩,有"姚江絶學重開闢,直續良知兩字傳"句,蓋其學出於陳龍正。集中所謂幾亭師者,龍正別號也。故其《四書解》中以《小學》爲格物,而深譏朱子補傳爲非,猶宗王守仁之説而小變之者也。是集其所自編,卷端有凡例六條,述所以編次之意甚詳。然詩文皆不入格。觀其自編而自發凡例,或自譽,或自恕,儼如删纂他人之集者。是於古來著述體裁皆未及考,則所作可略見矣。

校按:【一】佘,原誤作"余",今改。

《永平詩存》"佘一元"條

佘儀部一元

一元字占一,號潛滄,山海衛人。順治丁亥進士,歷官禮部郎中。著有《潛滄集》。

《臨渝縣志》：一元端方謹飭，時以清正稱。告疾還里，閉户著書，屢徵不起。立社講學，啟迪後進，未嘗以事干當事。若事關學校及地方興革大務，必力爲救正，遠近倚爲師表。康熙二十九年崇祀鄉賢。

《四庫全書提要》：《潛滄集》七卷，佘一元撰。是書卷一爲《四書解》，卷二至卷六爲雜文，卷七爲詩。其《次韻答張築夫》詩有"良知自是姚江旨，躬秉幾亭夫子傳"句，附載張贈詩有"姚江絶學重開闢，直續良知兩字傳"句。蓋其學出於陳龍正。集中所謂"幾亭師"者，龍正別號也。故其《四書解》中，以《小學》爲格物，而深譏朱子補傳爲非，猶宗王守仁之説而小變之者也。

《紅豆樹館詩話》：宋玉叔《安雅堂集》有《留别佘占一儀部》七律，云："鳴珂猶憶醉新豐，一别青門歎轉蓬。持節偶過君子里，拂衣真見古人風。書來但話山中桂，客去【一】應憐塞上鴻。朋輩霜髯君獨早，於今衰鬢已相同。"當時玉叔已以古人相推，則儀部之風概可想。

《止園詩話》：佘潛滄先生生當國變之初，目擊入關情事。其詩中《述舊事五首》直可補國史所未詳，不獨備一鄉之文獻已也。

校按：【一】去，原作"至"，據《國朝畿輔詩傳》及宋琬《安雅堂詩》改。

史夢蘭撰《永平三子遺書序》

古之所謂異端者，曰楊墨，曰佛老。自孟子、韓子辭而闢之，其風亦幾乎熄矣。今世儒講學，又分兩途。遵程朱者，至詆陸王爲異端，同室操戈，是亦不可以已乎？孔門學分四科，愚魯辟喭，俱受裁成。曾子之學近於漸，顏子之學近於頓，而皆爲孔門大賢。甚矣，聖道之大也！使洛、閩諸賢與象山、姚江同時執經於洙泗之上，當必與顏淵同疇。過者俯而就，不及者仰而企；高明沈潛，剛柔互克。後世議從祀大典，並當在四配十哲之列，何有門戶之可分哉？

吾邑楊復庵先生，以名進士講學於家，闡姚江良知之旨，遠近翕然宗之。同邑倪損齋先生，亦於其時扃門著書，研窮經學。所著《尚書存疑》《孝經刊誤辨說》，往往於宋儒有微詞。二先生書，余既校而梓之矣，嗣又得山海佘儀部《潛滄集》殘本。集初分七卷，載《四庫全書目錄》中。今板片散失無存，迺擇其《四書解》一種，重付剞劂。與楊、倪所著，彙爲一書，名曰《永平三子遺書》。

夫潛滄，國朝進士，爲明儒陳幾亭高弟，幾亭則私淑文成者也。文成之學近於陸，與晦庵所論不無異同，然要皆學聖人之道而得其性之所近者也。後之學者亦善學古人，得其性之所近，並袪其性之所偏，斯幾矣。若以末流之歧，咎源流之誤，豈篤論哉？知此，可以讀程朱陸王之書，即可以讀吾永平三子之書。

光緒五年歲次己卯二月之朔，鄉後學史夢蘭謹識於爾爾書屋。

臨楡程儒珍《關門舉義諸公記》

珍嘗聞之父老，國初關門舉義時，鄉先生八人實爲之倡，至今稱八大家云。八家者，李、譚、高、劉、曹、程、馮、呂也。然考當時共事者，實十有一人，蓋八人外尚有佘、劉、黃三先生焉。閱縣志，僅李赤仙、高輪轂有傳。

佘公雖有傳，而未及舉義事。李赤仙傳中雖敘譚、劉四人，而馮、呂、曹三公及珍九世伯祖印古公無聞焉。

憶幼時檢書舊篋，得佘潛滄《述舊作五首》《哭李赤仙二首》，及諸公上墨勒王揭，紙雖朽蠹，而字猶可辨，載當時原委甚悉。崇禎甲申四月，吳三桂奉詔入援，兵五萬人，號稱十五萬。進至玉田，聞京師已失，旋兵山海，未有決策。旋得父驤手書，有降志。已而以愛妾陳圓圓故，拔劍砍案，決意抗賊。召邑中紳士與議，諸公復以大義勸之。於是南郊閱兵，凡一切措餉城守事宜，衆慨然任之，歃血訂盟，遣人東乞王師。謹案《皇清開國方略》，乞師者爲孫文焕、郭雲龍。又三桂有《上睿親王啟》，兹不具錄。又遣人紿賊緩師，紿賊者爲李赤仙、譚遂寰、高輪轂、劉克望四庠生，劉臺山、黃鎮庵二鄉耆。行至三河，遇賊，遂羈於軍。

四月廿一日，賊至山海，營於石河之西。游騎至城下，城中兵出與戰，賊鋒頗挫。是日王師亦至，駐關外威遠臺。出迎者爲庠生曹時敏、程印古、馮祥聘、呂鳴章，其一則舉人余一元也。見墨勒王，賜坐賜茶，款接溫藹。偕范文肅公文程入城，曉諭軍民，人心益奮。明日清晨，王師從一片石入，賊偵知迎戰，三桂兵亦從城出夾攻，城守者遙助聲勢。謹案《皇清開國方略》，賊將唐通率百餘人出一片石，我軍擊敗之。李自成結陣，自北山至海。我軍寡，錯綜布陣。是日大風，煙塵障天。我軍呼噪者再，風頓止，從陣尾擊賊，無不以一當百，遂大敗之。先是，墨勒王命三桂兵以白布纏肩爲誌，兩軍協力，賊不能支。賊馬步二十萬胥敗走，我軍七戰七捷。賊棄輜重奔，殺吳驤於范家店。紿賊者惟高選乘間出走，賊追之，被創，遇大軍得全，餘皆遇害。

此當時諸公之事，亦關門創建以來一大舉也。乃功績攸同，而顯晦有異，豈以説賊難而乞師易歟？然秦庭之哭，卒報深仇；魯連之謀，終成偉績。逆闖自猖獗以來，未有若斯之大衂者。是雖皇朝應運而興，而闔邑之所以保全，諸公蓋皆與有勞矣。是烏可以不記？

（錄自光緒《永平府志》。）

整 理 後 記

　　《潛滄集》爲明末清初畿東名士佘一元先生之別集。佘一元，字占一，號潛滄，山海衛（今河北省秦皇島市山海關區）人。父名崇貴，世居山海關。山海衛之有佘氏，來自江北如皋，明洪武年間始以支脈遷移山海，及佘一元已歷六世。一元少年入塾，從馮祥聘（號虞庭）先生遊，又曾入鄉人吕燝如所結青雲社，與諸學子切磋藝文。崇禎十二年己卯（1639年）入京應順天鄉試，中式第一百十八名。據佘一元《前文林郎知山東兖州府滕縣事和陽王公墓表》及宋琬《王和陽先生傳》，可考一元生於萬曆三十六年戊申（1608年）。

　　明清鼎革，一元赴順治丁亥科會試，中式第十四名，登吕宫榜二甲進士。釋褐，初授刑部江南司主事，調禮部主客司主事，陞祠祭司員外郎，歷儀制清吏司郎中，加從四品。一元服官京曹，五年後即順治癸巳（1653年）告疾還里，約於康熙十二年癸丑（1673年）至康熙十八年己未（1679年）間卒於鄉。一元有一子名瑜，廕生，順治八年官監，後曾官禮部儀制司郎中。

　　康熙十八年《永平府志》已爲佘一元立傳，稱其"服官清正，不激不阿。遇事敢言，凡所建白，多中要繁，時以廉介聞"。光緒《永平府志》稱其"以疾告歸，立社講學，謂《大學》格致即在朱子《小學》一書。嘗著《四書解》一卷，頗能闡發精義。居鄉遇地方興革要務及事關學校，必力爲救正"。已卯鄉試,受知於房師陳龍正。龍正號幾亭,爲明末名儒。一元聆其教誨,遂終身師事之。其自序《四書解》稱:"夫幾亭先生,明末大儒也,著書垂世,發明前聖之蘊以示來學,厥心甚盛,厥功實偉。余曾遊其門,聞其説,不覺形於闡述,凡欲推衍其義以表章之耳。"康熙乙巳(1665年),一元應幾亭先生之子陳揆所請,爲《幾亭全書》作序,稱:"明嘉善陳幾亭先生,吾師也。先生理學經濟得孔孟真傳,爲一代大儒,惜未究厥用,著書垂後。余昔受而卒業,迄今三十年來,雖仰企未克至,而尊行未敢怠也。"樂亭史夢蘭《永平三子遺書序》稱:"夫潛滄,國朝進士,爲明儒陳幾亭高弟,幾亭則私淑文成者也。文成之學近於陸,與晦庵所論不無異同,然要皆學聖人之道而得其性之所近者也。"

明末甲申之變,吴三桂勒兵山海關。時關城守吏皆逃,三桂所賴以練兵籌餉者惟佘一元等數人。吴三桂聯絡清軍,多爾袞率軍進逼榆關。一元乃受三桂委託,與關城紳儒馮祥聘、吕鳴章、曹時敏、程印古共五騎,赴歡喜嶺威遠臺見多爾袞,接洽清軍入關與李自成軍作戰。事定,録與三桂共事功,授莒州知州,而一元不赴。助三桂拒闖迎清一節,一元於其所纂《山海關志》中亦絕不自表,僅於自作《文昌宫籤簿序》一文及《述舊事五首》詩中隱約提及。順治十五年戊戌(1658年),一元編輯山海關近事,撰成續略一册,以資宋琬修纂《永平府志》,並致書囑宋琬曰:"治某家世寒賤,罕足勒述。"宋琬爲一元丁亥進士同年,時任永平兵備道副使。後《永平府志》刊成,佘一元傳中不載助三桂拒闖迎清之事跡。雍正《畿輔通志》、乾隆《臨榆縣志》、乾隆《永平府志》亦如之。至同治十年(1871年),史夢蘭編刊《永平詩存》,著録佘氏《述舊事五首》。光緒初年,夢蘭重纂《永平府志》,附載道光辛巳舉人、程印古九世從孫程儒珍所撰《關門舉義諸公記》,並重爲一元立傳,此事遂彰。(光緒四年《臨榆縣志》亦載《述舊事五首》《關門舉義諸公記》,而該志稿乃藉《永平府志》所采底稿續纂而成。)

《潛滄集》初刊於康熙六年丁未(1667年)至康熙八年己酉(1669年)間。集中《四書解》一卷又早於此先刊。順治十八年辛丑(1661年),一元於《復朱山輝書》中稱:"外附拙刻呈正。"康熙元年壬寅(1662年),復於《答王炤千書》中稱:"舊刻一册,併望郢削。"此刻即指《四書解》而言。康熙五年丙午(1666年)秋,一元於《復陳世兄譁揆書》中稱:"年來不揣愚陋,積有詩文數卷,無力繕梓,弗獲請政,未審須之何年耳。"可知此時潛滄詩文結集未刊。康熙八年己酉,復於《致督學蔣綏庵書》中稱:"外有小刻奉祈郢削。倘蒙不吝琬琰,一錫弁言,庶鄙俚之音附橡筆後,得邀大方之一噱耳。"頁末附注曰:"改訂詩稿二百餘字。"可知是年潛滄詩文集已刊。蔣綏庵名超,亦爲一元進士同年,時任提督順天學政。康熙八年,蔣超囑一元纂修《山海關志》,一元應命,於當年冬完稿,次年付梓。

《潛滄集》各家著錄卷數不一。康熙十八年《永平府志》、康熙五十年《永平府志》、乾隆《臨榆縣志》、乾隆《永平府志》、光緒《畿輔通志》、光緒《永平府志》及《國朝畿輔詩傳》皆作八卷。《清朝文獻通考》《四庫全書總目》《大清畿輔書徵》作七卷。《四庫全書總目》稱:"《潛滄集》七卷。是集卷一爲《四書解》,卷二至卷六爲雜文,卷七爲詩。"

今《潛滄集》僅存殘卷五卷,由一册抄本、一册刻本拼合而成,國家圖書館藏,鈐北京圖書館藏章。卷一、卷二及卷三前七頁半爲抄本,餘爲刻本。刻本銜接抄本,自卷三第七頁後半頁始,而此頁殘破,卷五尾頁亦爲補抄。卷一爲佘一元所著《四書解》十五篇,卷二爲序,卷三爲記、引、說、傳、贊,卷四爲墓誌銘、墓表、祭文,卷五爲書、啟、呈、聯。卷一抄本扉襯頁爲《永平府志》稿紙,上有史夢蘭題刊刻書名"佘潛滄四書解"六字,書名下有刊刻提示:"卷中首行及中線燕尾上俱寫此六字。後'四書解'三字刪去。"右又有刊刻提示:"内共十五篇,挨寫不空行。"觀其字體,均爲史夢蘭手書。卷二抄本卷首史夢蘭以籤條提示曰："此集共采十七篇入志。內有目録，祈發局照辦。録完時希即擲下，以便繳還原主。書紙已焦脆，繙閱時須小心。"鈐印"史夢蘭印"。後列出擬采入《永平府志》之十七篇目録。（府志刊成，所列篇目有未采入者。）

同治十年，史夢蘭於《永平詩存·凡例》中稱："吾郡文人刻有專集者甚尠。佘儀部一元《潛滄集》已久佚不傳。編中所録，除……得見全稿外，餘皆採諸總集，訪之故家，斷簡零篇，難免遺漏。"光緒元年（1875年），史夢蘭助定州王灝校刊《畿輔叢書》，爲其蒐采、編校永平地方文獻。光緒二年（1876年），史夢蘭應永平知府游智開之聘，開始纂修《永平府志》。光緒五年（1879年），史氏輯刊《永平三子遺書》，收《佘潛滄四書解》一卷，並於序中稱："嗣又得山海佘儀部《潛滄集》殘本。集初分七卷，載《四庫全書目録》中。今板片散失無存，迺擇其《四書解》一種，重付剞劂。"據此可斷，今國家圖書館所藏《潛滄集》殘本，即爲史夢蘭光緒初年修志時蒐采之本。

《四庫全書總目》著録《潛滄集》，標爲"直隸總督採進本"，列入別集類存目書。乾隆五十二年（1787年）以後，《四庫全書》底本與未抄入之四庫存目書、重本及禁毀書同存於翰林院，乃損失竊换頻仍，又經清末庚子事變，翰林院遭焚，終於散亡無存。又，《販書偶記續編》稱："《潛滄集》四卷，清榆關佘一元撰，康熙間刊。"《販書偶記續編》所録皆孫殿起氏目睹手經之書，且凡見於《四庫全書總目》者，若非有卷數、版本之不同，則一概不録。其所稱四卷者，不見存世，或即指史夢蘭蒐采本除《四書解》外之雜文部分。

《潛滄集》或於康熙十二年之後民間即已不傳。此略同於佘一元助吳三桂拒闖迎清一節之泯没不彰。一元雖不自矜伐，遂言己功，而集中不免提及三桂，且有稱頌三桂之功者。如抄本卷二《賀許君錫晉秩序》一文稱："皇清開創之功，平西王稱首。王之首功，尤在榆關一戰云……余以王昔

整理後記

提義旅,保關拒寇,順天命以集大勳,關門之人當改革之際,不罹改革之厄,王之功在社稷,德在生民,實與關門同不朽焉。"抄本卷三《寧遠慈愍庵記》稱:"平昔王功高當代……由此推之,將平昔王駐寧入關、歸遼遷陝、收黔定滇,歷萬里之遠,經百戰之餘,以贊成今天下大一統之業,何在不足啟人慈愍之心乎?"(平昔王即平西王,指吳三桂。)康熙十二年十一月,吳三桂於雲南起兵叛清。此时《潛滄集》及一元所纂《山海關志》初刊未久,而兩書多有尊崇三桂之處,顯犯清廷之忌。

今存《潛滄集》刻本部分及《山海關志》見多處挖空,細審之則所剜除之字皆為三桂尊稱。《潛滄集》刻本部分共有七處涉三桂尊稱,均遭剗為空格。如卷四《清故前一品夫人朱太母諸氏墓誌銘》有云:"寇氛相迫,誓不俱生。今□□□對壘城西,盍往助之?"疑剜去"平西伯"三字。(崇禎十七年春三月,封吳三桂平西伯。)卷四《清湖廣長沙府同知虞庭馮先生墓誌銘》稱:"若祖大將軍、□□□□,皆其少壯交歡往來……運逢改革,□□□舉義關門,以師□□,委督糧糈,兼預謀議。"三處疑分別剜去"吳大將軍"四字、"平西王"三字、"故交"二字。卷四《祭馮業師文》有句云:"□□舉義,借贊軍機。"疑剜去"平西"二字。卷三《重修山海衛城隍廟正殿碑記》稱:"革命時,□□□□據關拒寇,接戰石河之西。"疑剜去"吳大將軍"四字。(此處乾隆二十一年《臨榆縣志》錄此文時改補作"兩鎮官兵"。)卷三《曹捷音傳》稱:"甲申遭寇變,□□□舉義關門。"疑剜去"平西伯"三字。

康熙《山海關志》中雖有多處剷挖,但未能挖净。如卷四"名宦"朱國梓傳中存留"吳平西",卷七"選舉志"呂鳴章條下存留"平西王",卷八"鄉賢"呂鳴夏傳中亦存留"平西王"。然而志書所錄署名佘一元文中凡涉三桂尊稱者,則剷除盡净。如卷九"藝文志"所載佘一元《關門三老傳》稱:"革命時,□□□興義旅,□□□,推公糾紳衿,率鄉勇,措糧糈。"二處疑分別剜去"平西王"與"以故交"三字。(此二處乾隆二十一年《臨榆縣志》錄此文時分別改補作"山海關"與"以老成"。)卷九《重修山海衛城隍廟正殿碑記》剜去四字,一如《潛滄集》刻本。與此對照,康熙十八年《永平府志》(初刊於康熙九年庚戌,康熙十八年己未續補)則未作此類挖改。

綜上可知,《潛滄集》之遭剷挖,乃出於佘一元爲避禍而自檢自剜。光緒《永平府志》附錄《清湖廣長沙府同知虞庭馮先生墓誌銘》一文,並保留三處挖空,一如《潛滄集》刻本,可知史夢蘭當年所見殘本(暨今存《潛滄集》之刻本部分)已非初印本,乃經剜改之後印本。由此推之,初印本遭毀,康熙十二年以來後印本亦絕少流傳,自在情理之中。臨榆程儒珍《關門舉義諸公記》稱:"憶幼時檢書舊篋,得佘潛滄《述舊作五首》《哭李赤仙二首》,及諸公上墨勒王揭,紙雖朽蠹,而字猶可辨,載當時原委甚悉。"此說恰可佐證。

而四庫采進之本,亦必爲後印本。且《賀許君錫晉秩序》《寧遠慈愍庵記》《述舊事五首》諸篇,進呈之前恐已遭抽毁。雖然,鑒於當時文網嚴密,四庫館臣尋繹蛛絲馬跡,於字裏行間必有覺察,乃將《潛滄集》置於存目書,且《提要》輕薄爲評,譏其"於古來著述體裁皆未及考",此亦在情理之中。甚無謂也。

《潛滄集》抄本每面均爲十行,行二十一字,頁心題"潛滄集"並標註卷數、頁碼,與刻本行款完全一致。卷二、卷三抄本中載稱頌三桂之文,且凡涉三桂尊稱者一無避忌。刻本部分不避雍正、乾隆諱字"胤""弘""曆"等,抄本部分無雍正諱字,而亦不避乾隆諱字"弘"。抄本中偶有校改,其中有原改,有史夢蘭改。史氏所改僅限於卷一《四書解》,乃爲輯刊《永平三子遺書》而點改。夢蘭又於抄本卷二卷首提示曰"書紙已焦脆",則此抄本或爲康熙初年《潛滄集》之清稿本,亦未可知。

今乃據國家圖書館所藏《潛滄集》五卷本,重爲校勘、標點。工作中凡

整理後記

有所校訂,則在該篇之下出校按。底本中異體字、俗體字一般予以保留,少數無關正譌、正俗及意義者,作適當統一。避諱字及明顯抄刻誤字,徑改之,不出校。剜除及漫漶不清者,以"□"代之。此外,爲適應今人閱讀習慣,改爲橫排版式,原小注中小字雙行亦改爲小字單行。另輯佘一元佚文佚詩一卷,以爲附錄。限於點校者見隘識陋,舛誤在所難免,尚祈有識惠正。

本書蒙唐山師範學院列入出版基金資助項目。燕山大學出版社社長陳玉博士、責任編輯柯亞莉博士則爲本書出版傾盡心力。謹於此並致謝忱。

癸卯仲夏灤南石向騫謹識